헤세의 단편들 1

회오리바람

헤세의 단편들 1
회오리바람

초판 1쇄 2024년 06월 10일 | 지은이 헤르만 헤세 | 옮긴이 임호일 | 펴낸이 황미숙 | 편집 책임 황연정 | 편집 디자인 진보배 | 발행처 산나북스 | 이메일 sannabooks@naver.com | 출판 등록 제2023-000005호 | ISBN 979-11-987161-0-1 (03850) | 값13,000원 | 잘못된 책은 바꾸어 드립니다.

헤세의 단편들 1

회오리바람

헤르만 헤세 지음

임호일 옮김

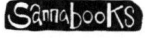

차례

칠월 7

라틴어 학교 학생 65

회오리바람 115

청춘은 아름다워라 139

작품 해설 193

칠월

― 희미한 옛사랑의 그림자

별장 에를렌호프는 숲과 산으로 둘러싸인 고원 지대로부터 그리 멀지 않은 곳에 있었다.

이 건물 앞에는 자갈이 깔린 넓은 마당이 있었는데, 시골길이 이 마당으로 이어져 끝이 났다. 방문객이 찾아오면 마차를 집 앞 마당에 댈 수 있었다. 방문객이 없는 날이면 직사각형의 마당은 언제나 텅 빈 채 조용했으며, 원래의 크기보다 더 넓어 보였다. 화창한 여름날, 햇볕이 쨍쨍 내리쬐고 뜨거운 열기로 마당을 건너갈 엄두를 못 내는 날이면 마당은 한결 더 넓어 보였다.

집 앞 자갈 마당과 도로 건너편에는 정원이 있었는데, 말이 정원이지, 그리 넓지는 않아도 깊은 것이 어지간한 규모의 공원 크기는 됐다. 여기에는 튼실한 느릅나무와 단풍나무, 플라타너스가 울창했고, 꾸불꾸불한 산책로와 어린 전나무 숲 말고도 앉아서 쉴 수 있는 벤치가 여럿 놓여 있었다. 그 사이로는 햇볕이 밝게 내리쬐는 잔디밭이 있었는데, 어떤 곳은 비어 있고, 어떤 곳은 원형의 꽃밭이나 관상용 관목으로 장식돼 있었다. 탁 트여서 밝고 따뜻한 잔디밭에는 눈에 띄게 커다란 나무 두 그루가 덩그러니 우뚝 솟아 있었다.

그중 하나는 수양버들이었는데, 이 나무를 중심으로 주위로 좁다란 벤치가 둥그렇게 놓여 있었고, 길고 비단결같이 부드러운 버들가지들이 촘촘하게 늘어져 나뭇가지 안쪽은 항상 그늘지고 어두웠는데도 포근한 기운이 감돌아 마치 천막 안이나 사원 내부 같았다.

낮게 깔린 잔디 울타리로 둘러싸인 수양버들에서 좀 떨어진 거리에 있는 다른 나무는 우람한 몸집을 지닌 너도밤나무였다. 이 나무는 멀리서 보면 흑갈색이나 검게 보였는데 가까이 다가서거나 그 밑에서 올려다보면 바깥쪽 가지에 달린 잎들은 햇살을 투과시키며 심홍색의 그윽하고 따뜻한 빛을 발하고 있었다. 마치 교회의 창에서 흘러나오는 빛처럼 은은하고 장엄했다. 오래된 이 너도밤나무는 커다란 이 정원에서 가장 유명하고 아름다운 나무로, 어느 쪽에서 봐도 눈에 띄었다. 밝은 숲지대 한가운데 홀로 검은 자태로 서 있는 이 나무가 어찌나 큰지 공원 안에서 보면 활 모양으로 굽은 우듬지가 푸른 하늘을 배경으로 아름답고 고고한 모습을 드러냈다. 하늘이 밝아지면 밝아질수록, 하늘이 빛을 발하면 발할수록 이 나무의 우듬지는 더욱더 검은색을 장엄하게 드러냈다. 날씨에 따라서 그리고 하루 중에도 시간에 따라서 이 우듬지는 각양각색의 모습을 드러냈다. 사람들은 종종 이 나무가 자신이 얼마나 아름다운지를 알고 있다는 느낌을 받았다. 이 나무가 다른 나무들과는 떨어져 홀로 오만한 자태로 그렇게 서 있는 데에는 다 이유가 있다고 생각했다. 이 나무는 가슴을 활짝 편 채 지상의 모든 걸 제치고 차가운 시선으로 하늘을 쳐다보고 있었다. 종종 이 나무는 자신이 이웃도 없는 유일한 존재로 이 정원에 홀로 서 있음을 알고 있는 듯했다. 그럴 때면 이 나무는 멀리 있는 나무들 쪽으로 시선을 던지며 그들을 찾고 그리워하는 듯했다. 이 나무는 아침에 가장 아름다웠고, 저녁에도 황혼이 되기 전까지는 그렇게도 아름다웠다. 하지만 나무는 곧 자취를 감추어 버렸다. 이 나무 자리는 다른 곳에 비해 한 시간가량 더 일찍 밤이 찾아왔기 때문이다. 비가 오는 날이면 이 나무는 유난히 음산해 보였다. 다른 나무들은 힘차게 호흡하고 기지개를 켜고 기쁨에 차서 녹음을 만끽하는데, 이 나무는 외롭게 홀로 서서 우듬지로부터 아래쪽 땅 끝까지 온통 검은색으로 죽은 듯 보였다. 떨고 있지는 않았어도 이 나무는 추위를 탔고, 그렇게 버려진 채 혼자 있는 것이 슬프고 창피한 것처럼 보였다.

한때 이 놀이공원은 꾸준히 관리가 잘 되어서 멋진 예술 작품을 방불케 했다. 그런데 언제부턴가 사람들이 가꾸고 가지 치고 하는 일이 힘들다고 소홀히 하면서부터 이곳을 찾는 사람도 없어졌고, 나무들도 제멋대로 자랐다. 이제 나무들은 저마다 예전의 예술적 감각을 잃어버리고, 궁핍한 가운데 그들의 옛 고향을 그리워하며, 서로 포옹하고 의지했다. 그들은 일직선으로 곧게 뻗은 길을 나뭇잎으로 무성하게 뒤덮고, 뿌리를 뻗어 그 길을 장악해 비옥한 땅으로 변화시켰으며, 꼭대기 우듬지들은 서로 튼튼하게 뒤엉켜서 보호막을 만들었다. 보호막 아래서는 또 다른 나무들이 매끄러운 가지와 연초록 잎으로 열심히 빈터를 잠식하고 미경작지를 점령해 나갔다. 나무들이 그늘을 만들고, 낙엽을 떨어뜨려 흙을 검고 부드럽고 윤택하게 만들어서 이끼와 풀 그리고 작은 관목들도 조금씩 성장해 갔다.

그 후 새로이 사람들이 와서 옛 정원을 즐거운 휴식처로 쓰려했을 때 이곳은 완전히 숲으로 뒤덮여 있었다. 사람들은 그런대로 만족할 수밖에 없었다. 두 줄로 늘어선 플라타너스 사이로 옛길을 찾아내 다시 길을 내기는 했지만, 그 밖에는 덤불숲 사이로 좁고 꼬불꼬불한 샛길을 만들고, 황폐한 빈터에 잔디를 심고, 쉴 만한 장소엔 벤치를 설치하는 것으로 만족해야 했다. 선조들이 실로 직선을 그어 그 선을 따라 플라타너스를 심고 가지치기하고 정성껏 가꾸었던 이곳에 이제는 그 자손들이 손님이 되어 자식들을 데리고 왔다. 이들은 오랜 방치 끝에 가로수 길이 숲이 된 것을 기뻐했다. 이 숲에는 해와 바람이 쉬어 가고, 새들이 노래하고, 사람들이 사색하고 꿈꾸고 욕망을 불살랐다.

파울 압데레크는 숲과 잔디 사이의 반쯤 그늘진 곳에 누워 있었다. 그의 손에는 희고 붉은색 실로 제본된 책이 한 권 들려 있었다. 그는 책을 읽기도 하고, 책에서 눈을 돌려 풀밭 너머로 팔랑대는 나비를 바라보기도 했다. 그는 프리트요프, 사랑을 위해 성물을 절취하고 고향에서 추방당한 프리트요프가 항해를 떠나는 장면에서 멈췄다. 분노와 회한을 가슴에 안고 프리트요프는 황량한 바다를 항해했다. 거센 풍랑이 빠른 속력으로 달리는 요트의 속도를 떨어뜨렸고, 고향에 대한 뼈저린 그리움이 강심장 항해사의 가슴을 강타했다.

잔디 위로 포근한 기운이 감돌고, 귀뚜라미가 새된 소리로 요란하게 울어대고, 숲에서 새들이 나직하고 달콤한 음성으로 노래했다. 향기와 소리와 햇살이 한데 어우러진 고요한 이곳에 누워 따사로운 하늘을 바라보는 기분은 비할 데 없이 상쾌했다. 뒤쪽 어두컴컴한 나무들을 향해 귀를 기울여 보고, 눈을 감고 사지를 활짝 편 채 온몸에 그윽하고 포근한 쾌감을 맛보는 것 또한 여간 즐거운 일이 아니었다. 하지만 프리트요프가 항해 중인데, 내일 또 손님이 온다니, 오늘 책을 다 읽지 못하면 작년 가을처럼 끝내 다 읽지 못할 것 같았다. 그때도 그는 여기에 누워서 프리트요프 설화를 읽다가 손님이 오는 바람에 책을 다 읽지 못했다. 항해 장면에서 중지한 채 그는 시내의 학교로 돌아갔고, 호머와 타키투스 사이에서 읽다 만 그 책을 계속 생각했다. 사원에 무슨 일이 일어날지, 반지와 입상은 어떻게 될지 무척이나 궁금했다.

그는 새로운 열정으로 나지막이 소리를 내어 책을 읽었다. 느릅나무 우듬지를 통해 불어오는 미풍이 그를 스쳤다. 새들이 노래하고, 날개를 반짝이는 나비와 모기, 벌 들이 날아다녔다. 그런데 그가 책장을 덮고, 일어나 껑충 뛰었다. 마침내 책을 다 읽은 것이다. 잔디에 완전히 어둠이 깔리고, 노을 진 하늘에 저녁이 물러가고 있었다. 지친 벌 한 마리가 그의 팔에 몸을 의지했고, 귀뚜라미는 아직도 울고 있었다. 파울은 빠른 걸음으로 그곳을 떠나 수풀을 헤치고 플라타너스 길을 지나 신작로로 향했다. 조용한 앞뜰을 지나서 집에 도착했다. 그는 날씬한 몸매를 지닌 열여섯 살 소년으로 꽃미남이었다. 북구의 영웅 프리트요프 생각에 가득 차 그는 조용히 눈을 내리깔고 사색에 잠겼다.

여름 식당은 어지간한 홀 규모의 공간으로 집의 맨 뒤쪽에 있었다. 홀은 유리벽을 사이에 두고 정원과 분리되어 있었으며, 본채보다 많이 튀어나와 집채의 작은 날개처럼 보였다. 여기는 원래 정원이 있던 자리인데, 이 정원은 오래전부터 '호숫가'라고 불렸다. 그렇다고 여기에 정말로 호수가 있었던 것은 아니고, 화단과 울타리와 통로 그리고 과수들을 끼고 조그맣고 길쭉한 연못이 하나 있었을 뿐이다. 홀에서 밖으로 나가는 계단이 협죽도와 종려나무로 둘러싸여 있는 것 빼고는 '호숫가'는 화려하다기보다는 아늑한 시골 분위기를 풍기고 있었다.

"내일은 손님들이 오시는 날이다."

아버지가 말했다.

"너도 즐겁겠지, 파울?"

"네, 그럼요."

"진심으로 반가운 건 아니지? 그래, 얘야. 네 마음이 그런 건 내가 어쩔 수 없다만, 우리 몇 사람만 쓰기에는 이 집과 정원이 너무 크단다. 이렇게 커다란 집은 어느 특정인의 전유물이 되어서는 안 돼! 별장이나 정원은 사람들이 즐겁게 뛰어놀기 위해 있는 거야. 그러니까 사람들이 많으면 많을수록 좋은 거지. 그건 그렇고, 너 오늘 꽤나 늦었구나. 수프는 다 먹고 없다."

이렇게 말하고 아버지는 가정 교사 쪽으로 고개를 돌렸다.

"선생, 선생은 정원에 한 번도 나오지 않는 것 같군요. 전 선생이 시골 생활을 동경하는 줄 알았는데요."

가정 교사 홈부르거 씨가 이맛살을 찌푸리며 말했다.

"맞는 말씀이긴 합니다만, 방학 동안에는 가능하면 제 개인적인 공부에 시간을 할애하고 싶어서요."

"어련하시겠소, 홈부르거 선생. 언젠가 선생이 세계적으로 명성을 떨치는 날이 오면, 내가 선생의 창 밑에 기념 현판 하나 달아 드리라고 하겠소. 그런 날이 오기를 진심으로 고대할게요."

가정 교사가 다시 신경질적으로 얼굴을 찌푸리며 무뚝뚝하게 대답했다.

"제 명예욕을 너무 과대평가하시는군요. 저는 제 이름이 세상에 알려지든 알려지지 않든 상관하지 않습니다. 현판 얘기 말씀입니다만……."

"아, 걱정 마시오, 선생! 선생은 너무 겸손해서 탈이요. 파울, 너도 선생님 좀 본받아라!"

그레테 고모는 이제 저 학위 후보생 홈부르거를 도울 시간이 되었다고 생각했다. 그녀는 가장이 무척이나 즐기는 이런 종류의 정중한 대화를 잘 알고 있었기 때문에 걱정이 됐다. 그래서 그녀는 와인을 따르면서 얘기를 다른 방향으로 돌리고, 계속 그쪽으로 얘기를 유도했다.

　주로 내일 올 손님들에 관한 얘기였다. 파울은 아버지와 고모의 얘기에는 거의 귀를 기울이지 않았다. 그는 열심히 음식을 먹으면서, 젊은 가정 교사가 백발이 성성한 아버지 옆에 있으면 항상 더 연장자처럼 보이는 이유가 뭔지 생각해 보았다.

　창문과 유리문 너머로 보이는 정원과 숲, 연못과 하늘이 밤을 향한 시간에 몰아치는 첫 소나기로 다른 모습을 하고 있었다. 숲은 어두워지면서 거무스레한 파도로 변하고, 나무의 우듬지들이 멀리 언덕의 등성이와 교차하면서 낮에는 볼 수 없었던 색다른 모습의 희뿌연 하늘을 향해 그 모습을 드러내고 있었다. 그것은 무언의 열정이었다. 여기저기 다채로운 색채를 띠고 있던 비옥한 대지가 그 평온함과 다채로움을 잃어버린 채 하나의 거대한 덩어리로 응고되면서 점점 소멸해 가고 있었다. 멀리 산들이 대담하고 단호하게 그 모습을 우뚝 드러내고 있는가 하면, 평지는 온통 캄캄해져서 보이는 것은 힘차게 솟아오른 돌기나 융기들뿐이었다. 창문 앞에는 아직 남아 있는 빛이 아래로 떨어지는 등불과 맞붙어 피곤한 싸움을 벌이고 있었다.

　파울은 열린 문 앞에 서서 딱히 이렇다 할 생각 없이 물끄러미 밖을 내다보고 있었다. 아니, 그는 생각에 잠기기는 했다. 그러나 그는 자신이 보고 있는 대상에 대해 생각하는 것이 아니라 밤이 도래하는 광경을 바라보고 있었다. 그러나 그는 이 광경이 얼마나 아름다운지를 느끼지 못했다. 그런 아름다움을 인지하고 관찰하고 즐기기에는 그가 아직 너무 어리고, 생기발랄했기 때문이다. 그가 생각하는 밤은 북해안의 밤이었다. 나무들 사이로 보이는 해변에서는 사원의 불길과 연기가 하늘을 향해 음산하게 타오르고 있었다. 해안의 바위에서는 파도가 부서지고, 붉은빛들이 물결 속에서 사납게 요동치고 있었다. 한편 어두운 바다에서는 바이킹 해적선이 돛을 활짝 펴고 쏜살같이 달리고 있었다.

"얘, 아들아."

아버지가 외쳤다.

"너 밖에서 오늘 또 무슨 통속 소설을 읽은 게냐?"

"네, 프리트요프요!"

"저런, 저런. 젊은 애들은 왜 아직도 여전히 그런 책을 읽는 거지? 홈부르거 선생, 어떻게 생각하시오? 요즈음은 그 늙은 스웨덴 작가에 대한 평가가 어때요? 아직도 인정받고 있소?"

"에자야스 테크너 말씀인가요?"

"그래, 에자야스 맞아요. 어떻게들 평해요?"

"한물갔습니다, 압데레크 어르신. 완전히 잊힌 작가입니다."

"듣던 중 반가운 소리요! 내 한창 시절에도 그 사람은 이미 한물갔소. 내가 그 사람 작품을 읽던 시절 말이오. 내가 알고 싶은 건, 그 사람이 아직도 인기가 있는지 하는 것이오."

"유감스럽게도 저는 인기 따위에는 관심이 없습니다. 학문적, 미학적 평가라면 몰라도……."

"그래요, 내가 알고 싶은 것도 그것이오. 그러니까 학문……?"

"문학사에는 테크너의 이름만 남아 있을 뿐입니다. 아버님께서 잘 보셨습니다. 그 사람은 유행을 탄 것입니다. 유행이라는 말 속에 모든 게 다 들어 있습니다. 진정한 작품, 즉 양서는 결코 유행을 타지 않습니다. 그러면서도 끈질긴 생명력을 지닙니다. 아까도 말씀드렸지만 테크너는 죽었습니다. 그 사람은 우리에게 더 이상 존재하지 않는다는 말씀이죠. 우리 눈에 그 사람은 불순하고 뒤틀려 있습니다. 달콤한 얘기만……."

파울이 돌연 거칠게 몸을 돌렸다.

"그렇지 않아요, 홈부르거 선생님!"

"왜 그렇지 않다는 거지?"

"멋지기 때문이죠! 한마디로 아름답단 말이에요."

"그래? 그렇다고 그렇게 흥분할 필요가 있을까?"

"하지만 선생님은 그 책이 달콤하기만 하고 가치가 없다고 말씀하시잖아요. 그 책은 정말 아름다운 책이라고요."

"그렇게 생각하니? 그래, 아름다움에 대해 네가 그렇게 확실하게 잘 알고 있다면 넌 교수 감이야. 하지만 파울, 너의 판단은 미학 이론과는 거리가 멀어. 투키디데스의 경우와 마찬가지로 이번에도 너는 정반대의 견해를 지니고 있단 말이야. 학계에서는 투키디데스 그 사람을 아름답다고 하는데, 너는 그 사람을 끔찍하다고 하지 않니. 그리고 프리트요프로 말할 것 같으면……."

"아, 이런 문제는 학문과 상관없어요."

"이 세상에 학문과 관계없는 것은 하나도 없어. ― 저, 압데레크 어르신, 이만 실례해도 될까요?"

"벌써 일어서시게?"

"글 쓸 게 좀 남아서요."

"유감이오. 이제 막 우리의 대화가 재미있어지려는 참이었는데. 하지만 무엇보다도 자유가 중요하지. 그럼 편한 밤 맞이하시오!"

홈부르거 씨는 공손하게 인사하고 허리를 꼿꼿이 세운 채 홀을 나가 소리 없이 복도로 사라졌다.

"그래, 그 옛날 모험담이 네 맘에 들었단 말이지, 파울?"

아버지가 웃으며 말했다.

"그렇다면 학문 때문에 네 마음이 상할 필요는 없다. 네가 잘못한 거 없어. 혹시 너 기분 상한 거 아니지?"

"네, 아무렇지도 않아요. 하지만 아버지, 전 홈부르거 선생님이 별장에 함께 오지 않기를 바랐어요. 아버지, 이번 여름 방학에는 제가 공부에 매달릴 필요 없다고 말씀하셨잖아요."

"그래, 내가 그렇게 말했다면, 말한 그대로다. 걱정할 필요 없다. 그 사람이 너 잡아먹지 않을 테니까."

"그럼 왜 선생님이 함께 와야 했나요?"

"얘야, 생각 좀 해 봐라. 여기밖에 그 사람이 머물 곳이 어디 있겠니? 그 사람 집은 별 볼 일 없단다. 그리고 나도 즐거운 시간을 갖고 싶단 말이다! 공부를 많이 한 지식인들과 어울리는 건 유익한 일이란다. 그 점 너도 명심해 둬라. 홈부르거 선생님은 내게 없어서는 안 될 사람이야."

"아이, 아버지. 아버지 말씀은 어디까지가 진담이고 어디까지가 농담인지 알 수가 없어요."

"그런 걸 구별하는 법도 배워야 한다, 아들아. 그게 다 인생에 도움이 된단다. 그럼 이제 음악 감상이나 좀 해 볼까, 어떠냐?"

파울은 만면에 희색을 띠고 아버지를 옆방으로 끌고 갔다. 아버지가 자발적으로 그와 함께 연주하는 경우는 매우 드물었다. 그도 그럴 것이 아버지가 피아노의 대가라면, 아들은 아버지와 비교가 안 되는 신출내기에 불과했기 때문이다.

그레테 고모는 홀에 혼자 남아 있었다. 아버지와 아들은 청중 한 사람이 바로 코앞에 앉아 있는 건 좋아하지 않지만, 일정한 거리를 두고 앉아서 엿듣는 건 좋아하는, 그런 부류의 음악가였다. 그 점을 고모도 잘 알고 있었던 터였다. 그걸 왜 모르겠는가? 두 사람을 수년 전부터 사랑으로 감싸고 보호하며 어린애처럼 보살펴 준 고모였다. 그 때문에 그녀는 이들의 성격을 낱낱이 다 알고 있었다.

그녀는 탄력성 좋은 등나무 의자에 편안히 앉아서 귀를 기울였다. 두 사람이 연탄하는 어떤 오페라의 서곡이 들려왔다. 분명 처음 듣는 곡은 아니지만 곡명은 알 수가 없었다. 그도 그럴 것이 그녀가 듣기를 좋아하더라도 음악을 이해하기에는 역부족이었기 때문이다. 그녀는 잘 알고 있었다. 음악이 끝난 뒤에 아버지나 아들이 방에서 나오면서 '고모, 무슨 곡이었죠?' 하고 물으면 '모차르트' 아니면 '카르멘'이라고 말할 테고, 그러면 두 사람이 또 한바탕 웃음보를 터뜨리게 될 것이라는 사실을. 왜냐하면 자신이 한 번도 곡명을 제대로 알아맞힌 적이 없기 때문이다.

그녀는 등받이에 몸을 기댄 채 귀를 기울이며 미소 짓고 있었다. 그녀의 미소를 보는 사람이 없는 것이 매우 유감스러웠다. 그녀의 미소는 일품이었다. 그 미소는 입술에서 나오는 것이 아니라 눈에서 나오고 있었다. 온 얼굴이, 이마와 두 뺨이 내면으로부터 빛을 발하고 있었다. 그녀의 얼굴에는 깊은 이해와 사랑이 담겨 있었다.

그녀는 미소 지으며 음악에 귀를 기울였다. 아름다운 음악이 그녀의 마음에 꼭 들었다. 음악을 따라가려고 애를 썼지만 그녀는 음악에만 신경을 쓰는 것이 아니었다. 건반 위쪽에 누가 앉았으며 아래쪽엔 누가 앉았는지를 알아보려 했다. 파울이 아래쪽에 앉아 있음을 그녀는 곧 알아차렸다. 정확하게 연주한 것은 물론이려니와, 고음부 쪽은 신출내기로서는 도저히 필적할 수 없는 경쾌하고 독특한, 내면으로부터 울려 나오는 운율이었다. 이제 그녀는 모든 걸 상상할 수 있었다. 그랜드 피아노에 나란히 앉은 두 사람을 눈앞에 그리고 있었다. 화려한 악절에 이르러서는 압데레크가 웃으며 연주하는 반면, 파울이 입을 벌리고 눈을 반짝이며 허리를 똑바로 펴는 모습도 상상이 갔다. 아주 명랑한 악절로 변환될 때면 그녀는 파울이 웃음을 터뜨리지 않는지를 확인하기 위해 귀를 쫑긋 세웠다. 그럴 때면 종종 압데레크가 얼굴을 찡그리거나 괴상한 팔놀림을 하는 통에 파울이 웃음을 참을 수 없기 때문이다.

서곡이 진척되면 될수록 노처녀 고모는 두 사람의 모습을 더욱 또렷하게 떠올릴 수 있었고, 연주로 흥분된 두 사람의 얼굴에서 한층 더 깊숙하게 그들의 내면을 들여다볼 수 있었다. 그리고 빠른 템포의 음악이 울릴 때는 삶과 삶의 경험 그리고 사랑의 대서사시가 그녀 앞에 펼쳐졌다.

밤이 되자 그들은 서로 '잘 자라'는 인사를 나누고, 각자 자기 방으로 갔다. 여기저기서 방문과 창문 여닫는 소리가 들리고, 그다음 조용해졌다.

시골에서는 밤의 적막이 당연한 것으로 여겨지는데, 도시인에게는 그것이 항상 신기하게만 생각된다. 도시를 벗어나 시골 농가에 와서 첫날밤에 창가에 서거나 침대에 누워 보면 이 적막이 고향의 매력과 안식처임을 확인시켜 준다. 그래서 마치 순수하고 건강한 세계에 와 있다는 느낌과 영원의 세계로부터 불어오는 바람을 접하는 느낌이 든다.

그렇다고 그것이 완전한 적막은 아니다. 이 적막은 소음들로 가득 차 있다. 하지만 이 소음은 어둡고 가라앉고 신비에 가득 찬 밤의 소음들이다. 반면에 도시에서 들려오는 밤의 소음은 낮의 소음과 거의 구분이 되지 않는 귀 따가운 소음이다. 시골의 소음은 개구리 울음소리요, 나무들이 바람에 흔들리는 소리이며, 졸졸 흐르는 냇물 소리이고, 밤새와 박쥐들이 날아가는 소리이다. 때늦은 시각에 돌아가는 마차 소리와 집 지키는 개 짖는 소리, 그것은 우리의 삶이 우리에게 전하는 반가운 인사이다. 그 소리들은 그렇게 들려 왔다가 머나먼 창공으로 은은하게 사라져 간다.

가정 교사는 아직도 등불을 켜 놓은 채 불안하고 피곤한 표정으로 방 안을 왔다 갔다 했다. 그는 저녁부터 자정 무렵까지 내내 책을 읽었다. 젊은 홈부르거 씨는 겉모습과는 달리 사색가는 아니었다. 그는 학문적인 두뇌도 지니지 못했다. 하지만 몇 가지 재능은 가지고 있었으며, 아직 젊었다. 어떤 난관도 헤쳐 나갈 수 있는 의지를 지닌 젊은이였기에 그의 꿈 또한 야무졌다. 요즈음 그는 몇 가지 책에 몰두해 있었는데, 그 책에는 유난히 적응력이 강한 젊은이들이 등장한다. 그들은 새로운 문화의 초석을 놓겠다는 망상에 사로잡힌 자들로, 니체나 러스킨의 작품에서 쉽게 인용할 수 있는 간단한 미사여구들을 도둑질해 와서는 부드럽고 감미로운 언어로 바꾸어 놓는다. 그 책들은 러스킨이나 니체를 읽는 것보다 한결 재미있었으며, 애교가 넘쳐흐르고, 섬세함도 그리고 비단결 같은 우아한 광채도 제법 지니고 있었다. 그리고 힘 있는 언어와 열정이 필요한 결정적인 순간에는 단테나 자라투스트라가 인용되기도 했다.

장시간 책을 읽은 탓에 홈부르거의 이마는 광채를 잃고, 눈은 넓은 지역을 샅샅이 훑어본 사람처럼 피로에 젖어 있었으며, 현기증으로 발걸음은 비틀거렸다. 그는 자신을 둘러싼 진부한 일상의 세계가 깡그리 붕괴될 위험에 처해 있어, 새로운 행복을 가져다줄 예언자의 말을 따라야 할 것 같았다. 새로운 세계에는 아름다운 정신이 가득 차고, 그 세계에서는 발걸음을 한 번씩 내디딜 때마다 문학과 지혜의 샘이 솟아나오게 될 것 같았다.
　별이 빛나는 하늘과 흘러가는 구름, 꿈꾸는 공원, 잠자며 숨을 쉬는 들판 그리고 아름다운 밤이 두 팔을 활짝 펼친 채 그의 창문 앞에서 그를 기다리고 있었다. 밤은 그가 창가로 다가서서 자신을 바라보기를 기다리고 있었다. 밤은 그의 마음이 동경과 향수에 젖고, 그의 눈이 시원한 밤공기에 목욕하고, 결박된 그의 영혼이 자유로워지기를 기대하고 있었다. 그러나 그는 침대에 누워 등불을 가까이 잡아당긴 후 누운 자세로 계속해서 책만 읽었다.
　파울 압데레크는 이미 불을 껐지만 아직 잠을 자지는 않았다. 그는 속옷 바람으로 창문턱에 앉아 미동도 없는 나뭇가지들을 바라보고 있었다. 영웅 프리트요프는 까맣게 잊어버렸다. 그는 이제 어떤 특정한 대상에 관한 생각에서 벗어나 그냥 심야를 즐기고 있었다. 심야의 신선한 쾌적함에 취해 그는 아직 잠을 이루지 못했다. 캄캄한 밤하늘에 반짝이는 별들이 얼마나 아름다운가! 그리고 아버지가 오늘 또다시 함께 연주해 주지 않았는가! 정원은 어둠 속에서 고요히 동화처럼 펼쳐져 있지 않은가!
　유월의 밤은 조용히 소년에게 다가와 그를 부드럽고 다정하게 감싸 안으며 그의 내부에서 아직 뜨겁게 이글거리는 열기를 식혀 주었고, 그의 넘쳐

흐르는 유년의 혈기를 살며시 진정시켜 주었다. 이제 그의 눈과 관자놀이에는 서늘한 기운이 감돌았다. 유월의 밤이 인자한 어머니처럼 그의 눈을 향해 미소 짓고 있었다. 소년은 누가 자기를 보고 있는지, 자신이 어디에 있는지 더 이상 알지 못했다. 그는 이제 잠자리에 누워서 졸고 있었다. 심호흡하며 무념무상의 상태에서 커다랗고 조용한 눈을 들여다보았다. 이 눈의 거울 속에서 어제와 오늘이 신기하게 뒤엉킨 영상들로 변하는가 하면, 난해한 전설이 되기도 했다.

학위 후보생의 창도 이제 불이 꺼졌다. 어떤 밤 나그네가 이 시각에 이 시골길을 지나가면서 집과 앞뜰, 공원과 정원이 조용히 잠들어 있는 것을 보았더라면, 그는 분명 향수에 젖었을 터, 조금은 샘을 내면서 이 정경을 눈요기했을 것이다. 그리고 어떤 집 없는 불쌍한 노숙자가 있었다면, 그는 개방된 이 공원으로 거리낌 없이 들어와, 잠자리로 삼을 가장 긴 벤치를 찾아다녔을 것이다.

다음 날 아침 가정 교사는 평소와 달리 이번에는 제일 먼저 잠에서 깼다. 그렇다고 그의 머리가 맑은 것은 아니었다. 그는 등잔불 아래서 장시간 글을 읽느라고 두통이 생겨 마침내 불을 끄고 잠을 자려 했으나, 잠자리가 너무 덥고 헝클어져 있어서 잠을 이룰 수가 없었다. 하는 수 없이 그는 정신을 가다듬고 자리에서 일어났지만, 몸이 으스스하고 눈도 침침했다. 어느 때보다도 새로운 르네상스의 필요성을 느꼈으나, 그에게는 그 순간 공부를 계속하고 싶다는 생각보다는 신선한 공기를 마시고 싶은 욕구가 더욱 강하게 일어나 조용히 방을 나와 천천히 논밭 쪽으로 걸어갔다.

사방에는 벌써 농부들이 나와 일을 하고 있었다. 그들은 근엄한 표정으로 자신들 곁을 지나가는 그를 힐끔거리며 쳐다보았는데, 그가 느끼기에 그들의 시선엔 냉소가 담겨 있는 듯했다. 그는 그들의 시선이 거북스러워 걸음을 재촉해서 인근 숲으로 내달았다. 숲에 들어서자 시원한 공기와 부드러운 여명이 그를 감쌌다. 반 시간가량 짜증스러운 기분으로 이리저리 숲속을 헤집고 다니던 그는 드디어 마음이 진정되었는지, 이제 커피 마실 시간을 놓쳐서는 안 되겠다는 생각이 들었다. 발길을 돌려 이미 따뜻한 햇살을 받고 있는 논밭과 그 속에서 지칠 줄 모르고 일하는 농부들을 지나 집 쪽으로 달려갔다.

대문 앞에 다다랐을 때였다. 문득, 아침 식사를 놓치지 않겠다고 이렇게 헐레벌떡 뛰는 것이 얼마나 채신머리없는 짓인가 하는 생각이 들었다. 그는 애써 다시 걸음을 돌렸다. 집에 들어가기 전에 차분한 걸음으로 공원길을 걸으면서 숨을 돌린 다음에 아침 식당에 들어서기 위해서였다. 의식적으로 걸음을 느긋하게 늦추어 가며 플라타너스 가로수 길을 걷다가 이제 막 느릅나무 골목으로 돌아서려는 찰나였다. 그 순간 그는 예기치 않은 광경에 깜짝 놀라고 말았다.

말오줌나무 숲을 지나 잘 보이지 않는 지점에 마지막 벤치가 있었는데, 이 벤치 위에 어떤 사람이 사지를 뻗은 채 누워 있었다. 그는 배를 깔고 얼굴은 팔꿈치와 손 위에 얹어 놓은 채 엎드려 있었다. 홈부르거 씨는 놀란 나머지 처음에는 시신이 아닌가 하는 생각이 들었다. 그러나 다음 순간 그는 그곳에 누워 있는 사람이 세차고 깊게 호흡하고 있는 것을 보고 그가 잠들어 있음을 알게 되었다. 누워 있는 사람은 허름한 옷차림을 하고 있었다. 그가 아주 어리고 나약한 소년이라는 생각이 들면 들수록 선생은 더욱더 용기가 생기고 화가 나기까지 했다. 우월감과 사나이의 자만심에 잔뜩 부푼 그는 잠시 망설이다가 결심이 선 듯, 잠들어 있는 사람에게로 다가가서 그를 흔들어 깨웠다.

"일어나, 인마! 이게 도대체 무슨 짓이야?"

나이 어린 직공은 깜짝 놀라 비틀거리며 일어나서는, 영문을 몰라 불안한 눈으로 그를 쳐다보았다. 직공은 프록코트를 입은 신사가 명령조로 자기 앞에 서 있는 것을 보고 무슨 영문인지 잠시 생각해 보았다. 그는 자신이 어젯밤에 문이 열린 어떤 정원에 들어와서 잠을 청했던 것이 기억났다. 날이 밝는 대로 길을 떠날 생각이었는데, 늦잠을 자는 바람에 이렇게 책임 추궁을 당하게 된 것이다.

"왜 말을 못 해? 여기서 뭐 하는 거냐니까?"

"그냥 잠이 좀 들었어요."

야단을 맞은 소년은 한숨을 쉬며 일어나 차렷 자세를 취했다. 서 있는 것을 보니 소년은 가냘픈 몸매에 아직 어린애 같은 얼굴을 하고 있었다. 아직 다 자라지 않은, 고작해야 열여덟 살쯤 돼 보이는 소년이었다.

"나 따라와!"

학위 후보생은 명령하고, 마지못해 따라오는 소년을 집으로 데리고 갔다. 그가 막 대문에 들어서려는 순간 압데레크 씨와 마주쳤다.

"좋은 아침, 홈부르거 선생, 일찍 일어나셨구려! 그런데 함께 온 사람은 누구요?"

"이 젊은 친구가 어르신의 공원을 잠자리로 무단 이용했습니다. 압데레크 어르신께서도 아셔야 할 것 같아서요."

가장은 가정 교사의 의중을 금방 알아차리고 싱긋싱긋 웃었다.

"고맙소, 선생. 솔직히 말해 난 선생이 그렇게 자비로운 심성을 가졌는지 미처 몰랐소. 어쨌건 잘했소이다. 이 불쌍한 친구에게 적어도 커피 한 잔은 대접해야 마땅할 것 같소. 주방 아가씨에게 이 아이 먹일 아침 좀 내오라고 해 주겠소? 아니오, 우리가 이 아이를 직접 주방으로 데리고 갑시다. — 따라오너라, 얘야. 남은 음식이 좀 있을 게다."

식탁에 앉자 새로운 문화의 창시자는 근엄한 표정으로 침묵을 지켰다. 나이 든 양반에게는 위엄을 떠는 그의 모습이 무척이나 재미있었지만 이번에는 빈정대지 않았다. 오늘 오게 될 손님 생각에 골몰하느라고 마음이 그렇게 한가하지 않았기 때문이다.

고모는 연신 미소를 띠면서 집안일을 살피느라 이 방 저 방으로 분주하게 뛰어다녔고, 머슴들은 적당히 눈치를 보아 가며 재미있는 저 광경을 힐끔힐끔 넘겨다보면서 히죽거렸다.

정오경에 가장은 파울과 함께 마차를 타고 인근 역으로 갔다. 파울은 방문객이 오면 조용한 방학 생활에 지장을 받을까 봐 걱정하는 편이었지만, 일단 손님이 오면 가능한 한 그들을 알고 그들의 성품을 관찰하며 어떻게든 그들과 어울려 보겠다고 다짐했다. 그는 집으로 오는 길에 인원이 많아 비좁아진 마차 안에서 낯선 세 손님을 몰래 훔쳐보았다. 그의 눈길이 처음 가 닿은 사람은 활발하게 얘기를 건네고 있는 교수였다. 다음으로 그의 시선은 약간 수줍은 기색을 띤 채 두 처녀를 향했다.

우선 교수가 그의 마음에 들었다. 그가 아버지의 죽마고우라는 사실만 가지고도 충분했기 때문이다. 그 밖에 교수가 조금 엄격하고 늙어 보인다는 생각이 들기는 했지만 비호감은 아니었다. 교수는 상당히 지적인 면모를 지닌 분이었다. 그러나 두 처녀의 심성을 파악하기는 훨씬 더 힘이 들었다. 한쪽은 흔히 많이 눈에 띄는 어린 여자애, 그런 계집애로 나이는 자기와 거의 같아 보였다. 문제는 그 애가 냉소적인가 아니면 심성이 고운가 하는 점이었다. 어느 쪽이냐에 따라 전쟁이냐 친교냐가 결정된다. 근본적으로 그 나이 또래의 계집애들은 모두가 비슷비슷해서, 말을 걸거나 사이좋게 지내기가 여간 힘든 게 아니었다. 우선은 그녀가 얌전하게 가만히 있다는 것과 질문 보따리를 풀어놓지 않는 것만도 다행스럽게 여겨졌다.

  다른 쪽은 그가 더욱더 알아내기 힘든 존재였다. 그녀의 나이는, 물론 그가 계산해 내기 어렵기는 하지만, 어림잡아 스물서넛 정도 돼 보였다. 그녀는 먼발치로는 좋아 보여도, 정작 파울이 가까이 다가서면 수줍어지고 당황스러워지게 만드는 그런 부류의 아가씨였다. 그는 그런 부류 여자의 경우, 그들이 풍기는 아름다움은 그들의 우아한 행동 및 그들이 걸치고 있는 의상과 불가분의 관계를 맺고 있다는 사실을 알고 있었다. 그 밖에도 그들의 제스처와 그들의 머리 모양에 대체로 겉멋이 들어 있다는 것을 그는 알고 있었다. 그런가 하면 그들은 그가 풀 수 없는 수수께끼 같은 것들에 대한 해박한 지식을 많이 가지고 있다는 느낌도 들었다.

  이런 것들을 곰곰이 생각해 보니 그는 그런 여자들이 싫었다. 그들은 하나같이 모두가 예쁘고, 행동거지 또한 우아하고 안정돼 보였지만, 타인의 눈을 너무 의식하는 것 같았다. 그런가 하면 그들은 자기 또래의 소년들에게 콧대 높은 소리나 해 대면서 이들을 깔보는 습성이 있는 것 같았다. 그녀들은 자주 웃거나 미소를 짓는데, 그는 그런 행동이 종종 참을 수 없고 위선적이라는 생각이 들었다. 비교하자면 저 어린 계집애 쪽이 훨씬 더 참을 만했다.

두 남자를 제외하고는 투스넬데 양 — 이것은 나이가 더 들고 우아한 처녀의 이름이었다 — 만이 대화에 끼어들었다. 나이 어린 금발 머리 베르타는 파울의 맞은편에 앉아 있었는데, 파울과 마찬가지로 수줍은 듯 끈기 있게 입을 열지 않았다. 그녀는 푸른색 띠를 두른 무채색의 커다랗고 창이 약간 휜 밀짚모자에다 느슨한 띠와 가늘고 흰 술이 달린 연푸른빛 얇은 블라우스를 입고 있었다. 그녀는 햇볕이 내리쬐는 들판과 뜨거운 건초 밭을 보고 완전히 매혹된 것 같았다.

그러면서도 베르타는 이따금 파울을 살짝 훔쳐보았다. 그녀는 파울만 없었다면 에를렌호프에 진작 한 번 오고 싶었다. 그녀가 보기에 그는 똑똑한 모범생 같았고, 대체로 똑똑한 애들은 밥맛이라는 생각이 들었다. 이런 애들은 기회만 생기면 상대방을 떠보기 위해 교활하게도 어려운 외국어를 지껄여 대고, 상대방을 깔보며 들꽃 이름 같은 것들을 물어보기도 한다. 그러다 상대방이 대답 못 하면 기분 나쁜 미소를 짓는 등 재수 없는 애들이다.

그녀는 사촌들을 통해 이런 경험을 했다. 그중 한쪽은 대학생이었고, 다른 한쪽은 라틴어 학교 학생이었는데, 이 라틴어 학교 학생이 더 고약했다. 그는 버릇없이 자란 아이로, 어떤 때는 신사도랍시고 하는 짓이 참기 힘들 정도로 상대방을 깔보는 짓이어서 그녀는 불쾌하기 이를 데 없었다.

이 경험을 통해 베르타는 적어도 한 가지는 배웠다. 그녀는 어떤 일이 있어도, 그러니까 어떤 상황에서도 절대 울지 않기로 한 것이다. 울지 말 것,

화내지 말 것, 이것을 지켜 내지 못하면 그녀는 패배한다는 사실을 알게 됐다. 이곳에서도 그녀는 이것을 지켜 내기로 단단히 마음먹었다. 그러나 한편으로는 어떤 상황이 와도 그레테 고모만 있으면 위안이 될 텐데 하는 생각이 들었다. 여차하면 고모에게 보호를 요청할 수 있을 것 같아서였다.

"파울, 너 갑자기 벙어리가 됐니?"

압데레크 씨가 돌연 큰 소리로 말했다.

"아니에요, 아빠. 왜 그러세요?"

"혹시 네가 마차 안에 혼자 있는 것이 아니라는 사실을 잊어버렸나 해서 하는 말이다. 베르타한테 좀 더 호의를 베풀 수도 있지 않겠니?"

파울은 가늘게 한숨을 쉬었다. 그는 하는 수 없이 입을 열었다.

"보세요, 베르타 양, 저기 뒤쪽으로 돌아가면 우리 집이에요."

"얘들아, 너희들 서로 말 높이지 말고 그냥 터놓고 지내는 게 어떠니?"

"잘 모르겠어요, 아빠 ― 전 그냥 이렇게 하는 게 좋을 것 같은데요."

"그래, 그렇다면 하는 수 없지. 하지만 그럴 필요가 있을까?"

그 순간 베르타의 얼굴이 붉어졌다. 파울은 그것을 눈치채지 못했다. 그 자신도 얼굴이 붉어졌기 때문이다. 두 사람 사이에 대화가 다시 끊겼다. 두 사람은 어른들이 이것을 눈치채지 못한 것이 다행스러웠다. 침묵이 거북스러웠던 터에 마차가 갑자기 요란한 소리를 내며 자갈길로 들어서서 그들은 안도의 한숨을 내쉬었다.

"내리시죠, 베르타 양."

파울이 말하며 그녀가 내리는 것을 도와주었다. 이것으로 그는 그녀에 대한 걱정을 일단 접을 수 있었다. 왜냐하면 대문에 이미 고모가 나와 서 있었고, 집 전체가 미소를 띠고 팔을 활짝 벌린 채 손님들을 환영하고 있는 것 같았기 때문이다. 고모는 아주 친절하게 인사를 건네며, 손을 내밀어 악수를 청하고 한 사람 한 사람 모두에게 두 번씩이나 환영의 뜻을 표했다. 그녀는 손님들을 객실로 인도하고, 시장할 테니까 빨리 식사들 하러 오라고 했다.

하얀 식탁에는 커다란 꽃다발이 두 개 놓여 있었는데, 이 꽃다발로부터 풍겨 나오는 꽃향기가 음식 냄새로 스며들고 있었다. 압데레크 씨는 구운 고기를 열심히 썰고 있었고, 고모는 실눈을 뜨고 접시와 그릇들을 살피고 있었다. 교수는 프록코트를 입은 채 느긋하게 주빈석에 앉아 축제 분위기를 즐기며 부드러운 눈으로 고모를 바라보기도 하고, 열심히 고기를 썰고 있는 집주인이 일을 못 할 정도로 끊임없이 질문과 농담을 던지기도 했다. 투스넬데 양은 예쁜 미소를 지어 가며 사람들에게 접시 나누어 주는 일을 도왔다. 그 밖에는 할 일이 없어 멋쩍어했다. 그도 그럴 것이 그녀 옆에 앉아 있는 학위 후보생은 먹기도 적게 먹었을뿐더러, 말수는 더욱 없었기 때문이다. 구닥다리 교수와 젊은 처녀들과 함께 있는 것이 거북스러웠던지 그는 심신이 굳어 있었다. 혹시라도 어떤 공격을 받지나 않을까, 모욕이라도 당하지 않을까 하는 걱정이 앞서 그는 젊은이의 품위를 유지하기 위해, 방어 차원에서 미리 얼음같이 차가운 시선을 하고 애써 입을 다물고 있었다.

베르타는 고모 옆에 앉아 보호받고 있다는 느낌이 들었다. 파울은 이야기에 끼어들지 않으려고 먹는 일에 열중했다. 그러다 보니 정말 그 누구보다도 음식이 맛있게 느껴졌다.

식사가 끝날 무렵 집주인은 친구와 격렬한 논쟁 끝에 대화의 주도권을 잡고 상대방을 압도하고 있었다. 논쟁에서 패한 교수는 이제 비로소 먹을 틈을 내어 점잖게 음식을 들기 시작했다. 한편 홈부르거 씨는 그제야 아무도 자기를 공격할 계획을 품은 사람이 없음을 깨달았다. 그리고 보니 그는 자신의 침묵이 되레 무례한 행동이 되었다는 생각이 들면서, 옆에 앉은 여자가 자기를 비웃지나 않을까 걱정됐다. 그 때문에 문제 해결을 위해 고심이라도 하는 듯이 그는 턱 아래로 가는 주름이 잡히도록 고개를 깊이 숙이고 눈썹을 치켜세웠다.

가정 교사가 아무 말도 하지 않고 가만히 있었기 때문에 투스넬데 양은 베르타와 정겹게 얘기를 나누기 시작했고, 옆에 있던 고모도 그들의 이야기에 끼어들었다.

한편 파울은 그동안 음식을 잔뜩 먹고 갑자기 배가 너무 불러 와 나이프와 포크를 내려놓았다. 고개를 드는 순간 그는 우연하게도 우스꽝스러운 모습을 하고 있는 교수를 보았다. 교수는 윗니와 아랫니 사이에 음식을 잔뜩 문 채 포크를 아직 입에서 떼지 않은 상태였는데, 그 순간 압데레크 씨가 자극적인 말을 내뱉는 바람에 교수가 그쪽으로 신경을 쓰느라고 포크를 입에서 떼는 것도 잊은 채 두 눈을 커다랗게 뜨고 얘기에 열중인 친구를 바라봤다. 파울은 갑자기 튀어나오는 웃음을 참느라 애를 썼지만 결국은 나지막하게 킥킥거리고 말았다.

압데레크 씨는 이야기에 열을 올리느라고 파울을 향해 눈을 한번 흘기는 데 그쳤고, 학위 후보생은 파울의 웃음이 자기 때문인 줄 알고 아랫입술을 깨물었으며, 베르타는 영문도 모른 채 덩달아 웃음을 터뜨렸다. 그녀는 파울이 이런 소년다운 매력을 지니고 있다는 사실이 반가웠다. 적어도 그는 완벽주의자는 아니었다.

"뭐가 그렇게 재미있어요?"

투스넬데 양이 물었다.

"아, 별것 아니에요."

"그리고 너는 또?"

"아무것도 아니야. 그냥 따라 웃었어."

"좀 더 따라 드릴까요?"

홈부르거 씨가 가라앉은 목소리로 말했다.

"아니, 됐어요."

"그럼 나한테나 따라 줘요."

고모가 다정하게 말했다. 그러나 그녀는 따라 놓은 잔을 마시지 않은 채 그대로 두었다.

식탁이 정리되고 커피와 코냑 그리고 궐련이 나왔다. 투스넬데 양이 파울에게 담배를 피우느냐고 물었다.

"안 피워요. 맛이 없더라고요."

파울이 대답했다. 잠시 후 그가 갑자기 정색하고 덧붙였다.

"전 아직 담배 피울 나이가 아니에요."

그 말을 듣자 투스넬데 양이 고개를 약간 옆으로 기울이며 익살스러운 표정으로 그에게 미소를 던졌다. 그 순간 소년은 그녀가 예쁘다는 생각이 들었다. 그는 좀 전까지 그녀에 대해 미운 감정을 품었던 것이 미안했다. 그녀는 대단히 호감이 가는 여자일 것 같았다.

저녁 날씨가 포근하고 쾌적해서 그들은 열한 시였는데도 여린 불꽃을 발하는 정원의 등불 밑에 앉아 있었다. 손님들은 여행으로 피곤해서 일찍 잠자리에 들려고 했으나, 정작 잠을 자러 간 사람은 한 사람도 없었다.

따뜻한 대기가 약간 무더운 느낌을 주는 가운데 꿈결처럼 이리저리 흔들거렸고, 습기를 머금은 청명한 하늘엔 별들이 초롱초롱 빛나고 있었다. 하지만 멀리 산마루 쪽 하늘은 시커멓고, 이따금 번갯불이 일 때면 열병을 앓는 혈관처럼 황금빛으로 번득였다.

숲은 달콤하고 진한 향기를 풍겼고, 하얀색 재스민은 어둠 속에서 하늘거리는 빛을 받아 창백하게 아른거리고 있었다.

"그러니까 선생은 우리 문화의 이러한 혁명이 민중의 의식으로부터 이루어지는 것이 아니라, 천재 한 사람이나 혹은 천재 몇 명에 의해 이루어진다고 생각하는 것이오?"

교수의 질문에는 상대방을 포용하겠다는 어조가 담겨 있었다.

"예, 그렇게 생각합니다. ― "

가정 교사는 약간 딱딱한 어투로 대답하고 긴 연설을 늘어놓기 시작했다. 하지만 교수를 제외하고는 그의 장광설을 듣는 사람이 아무도 없었다. 압데레크 씨는 가장 편안한 자세로 의자에 앉아서 화이트와인을 탄산수에 곁들여 마시면서, 어린 베르타에게 농을 건넸고, 고모는 베르타의 후견인 노릇을 하고 있었다.

"그러니까 『에케하르트』도 읽었다고요?"

파울이 투스넬데 양에게 물었다.

그녀는 키가 아주 낮은 접의자에 기대앉아 머리를 완전히 뒤로 젖히고 하늘을 똑바로 바라보면서 말했다.

"물론이죠. 원래 학생은 아직 그런 책을 읽으면 안 돼요."
"왜 그런가요?"
"학생은 그런 책을 아직 제대로 이해하지 못할 테니까요."
"그렇게 생각하세요?"
"물론이죠."
"하지만 어쩌면 누나보다도 내가 더 잘 이해할 수 있는 구절이 있을걸요."
"정말? 어떤 구절 말이에요?"
"라틴어로 된 구절이요."
"농담도 잘 하시네!"

파울은 무척이나 신이 났다. 저녁 먹을 때 와인을 곁들여 마신 탓에 취기가 약간 오른 그에게는, 어둡고 센티한 밤에 이야기꽃을 피운다는 것이 여간 즐겁지 않았다. 그는 나른한 휴식을 취하고 있는 이 우아한 숙녀에게 격렬한 반론을 제기하거나 웃음보를 터뜨리게 하려고 노심초사했다. 그러나 그녀는 소년 쪽으로 고개도 한번 돌리지 않은 채 꼼짝하지 않았다. 그녀는 접의자에 기대앉아 한쪽 팔은 의자 위에 놓고 다른 팔은 아래로 늘어뜨린 채 하늘만 바라보고 있었다. 그녀의 하얀 목덜미와 하얀 얼굴이 검은색 나무들과 대조를 이루며 은은하게 빛을 발했다.

"『에케하르트』에서 어느 대목이 제일 마음에 들었어요?"
그녀가 여전히 하늘을 보며 물었다.
"슈파초가 술에 취한 장면이요."
"아, 그래요?"
"아니, 늙은 숲속의 여자가 쫓겨나는 장면이요."

"그 장면이라고요?"

"아니, 가장 내 마음에 들었던 장면은 에케하르트가 탈옥하도록 프락세디스가 내버려 두는 장면이에요. 멋있는 장면이죠."

"그래요, 멋있는 장면 맞아요. 참, 그 장면이 어떻게 전개됐지?"

"프락세디스가 나중에 재를 뿌리고……."

"아, 그래요. 생각나요."

"이제 누나가 제일 마음에 들었던 장면 말해 줘야죠."

"『에케하르트』에서?"

"그럼 물론이죠."

"같은 장면이에요. 수도사가 도망가는 걸 그녀가 도와주는 장면이 나도 가장 마음에 들어요. 그녀가 수도사에게 키스하고 미소 지으면서 성으로 되돌아가는 장면 말이에요."

"그, 그래요."

파울은 천천히 대답했지만, 정작 키스 장면은 기억나지 않았다.

교수와 가정 교사와의 대화는 끝이 나고, 압데레크 씨는 버지니아산 궐련에 불을 붙이고 있었다. 베르타는 그가 촛불에다 궐련의 끄트머리에 불을 붙이는 광경을 호기심에 찬 눈으로 바라보고 있었다. 그리고 나서 소녀는 옆에 앉아 있는 고모의 허리를 오른팔로 안은 채, 눈을 크게 뜨고 집주인이 들려주는 기상천외한 체험담에 귀를 기울였다. 이 아슬아슬한 체험담은 나폴리 여행에서 겪은 것이라고 했다.

"그게 정말 사실이에요?"

그녀가 용기를 내어 물었다. 압데레크 씨는 웃으며 대답했다.

"그건 너한테 달린 문제야, 꼬마 아가씨야. 어떤 이야기의 사실 여부는 항상 듣는 사람의 믿음과 비례한다는 얘기야. 다시 말해 듣는 사람이 믿는 만큼만 사실이 되는 거란다."

"아닌 거 같은데요? 아빠한테 물어봐야겠어요."

"물어보렴!"

고모는 자기 허리를 감고 있는 베르타의 손을 쓰다듬으면서 말했다.

"그건 농담이야, 얘야."

그녀는 사람들의 얘기에 귀를 기울이면서 오빠의 와인 잔 주위로 날아드는 나방들을 쫓아냈다. 그러면서도 자기를 쳐다보는 사람들에게 일일이 다정한 눈길을 보냈다. 그녀는 노신사 두 사람과 베르타, 신이 나서 지껄여 대는 파울, 이야기에 끼어들지 않고 혼자 떨어져 밤하늘을 바라보고 있는 예쁜 투스넬데 그리고 자기의 '달변'에 자기가 도취된 가정 교사, 이 모든 사람이 다 사랑스럽기만 했다. 아직 젊은 나이여서 오늘과 같은 정원의 여름밤이 젊은이들에게 얼마나 포근하고 유쾌한가를 그녀는 잘 알고 있었다. 이렇게 아름다운 젊은이들과 현명한 두 노신사, 이들 모두는 앞으로 또 어떤 운명을 맞이하게 될 것인가! 저 가정 교사를 포함해서. 이들은 너 나 할 것 없이 자신의 삶과 생각 그리고 소망이 더없이 중요할 테지! 그리고 투스넬데 양은 또 얼마나 예쁜가! 정말 아름다운 처녀.

마음씨 고운 고모는 베르타의 오른손을 쓰다듬으며, 조금은 외로워 보이는 학위 후보생에게 사랑스러운 미소를 보냈고, 틈이 나는 대로 집주인의 의자 뒤쪽에 있는 와인 병을 만져 보며 아직 차가운가를 확인했다.

"학교 얘기 좀 해 봐!"

투스넬데가 파울에게 말했다.
"아, 학교요! 지금 방학인걸요."
"학교 다니는 게 재미없어?"
"재미있어서 학교 다니는 사람 봤어요?"
"하지만 학생은 대학에 가겠다면서?"
"그래요, 대학에 갈 거예요."
"대학보다 더 좋아하는 게 있나 봐?"
"더 좋아하는 거? — 하하 — 해적이 되고 싶어요."
"해적?"
"그래요, 해적, 해적 말이에요."
"그렇게 되면 책을 많이 못 읽을 텐데."
"책 읽지 않아도 될 거예요. 심심하지 않을 테니까."
"그렇게 생각해?"
"틀림없어요. 난……."
"난 어떻다는 거지?"
"난…… 아, 그건 말할 수 없어요."
"그렇담 말하지 마."

파울은 그녀와 이야기하는 게 지루해졌다. 베르타 쪽으로 몸을 돌려 그녀와 함께 이야기에 귀를 기울였다. 아빠는 전례 없이 유쾌했다. 이야기에 열중인 사람은 아빠 혼자였다. 다른 사람들은 아빠의 이야기를 듣고 웃기에 바빴다.

그때 풍성하고 멋진 영국식 의상을 입은 투스넬데 양이 자리에서 일어나 테이블 쪽으로 걸어갔다.

"먼저 실례할게요."

그러자 다들 일어나 시계를 보고는 벌써 자정이 되었다는 것이 믿기지 않는다는 표정을 지었다.

정원에서 집에 이르는 짧은 구간을 파울은 베르타와 나란히 걸었다. 그는 갑자기 베르타가 썩 마음에 들었다. 아빠의 농담을 그녀가 진심 어린 웃음으로 받아들였다는 생각이 들었기 때문이다. 그들의 방문을 짜증스럽게 여겼던 자신이 어리석었음을 깨달았다. 저녁에 여자들과 담소하는 것은 여간 즐거운 일이 아니었다.

그는 자기가 기사가 된 것 같은 기분이 들었다. 저녁 내내 다른 쪽 처녀에게만 신경을 쓴 것이 후회되기 시작했다. 투스넬데가 예쁘기는 했다. 하지만 그에게는 베르타가 훨씬 더 마음에 들었다. 그는 오늘 그녀와 함께 지내지 못한 것이 못내 아쉬웠다. 그래서 그가 막 그 이야기를 꺼내려고 하는데 그녀가 킥킥댔다.

"그쪽 아빠 참 재미있는 분이세요. 얘기 재미있게 들었어요."

파울은 그녀에게 내일 도토리나무 산으로 산책을 가자고 제안했다. 이 산은 멀지도 않고 아름다운 산이라는 부연 설명과 더불어, 그곳으로 가는 길과 주변 경치 등에 관해 열을 내서 설명했다.

그렇게 그가 열심히 설명하고 있는데, 그때 마침 투스넬데 양이 그들 곁을 지나갔다. 그녀는 궁금했던지 고개를 약간 돌려 가만히 그의 얼굴을 쳐다봤다. 그런데 그녀의 그런 표정이 그에게는 비웃는 것으로 여겨졌다. 그는 갑자기 하던 얘기를 멈췄다. 영문을 모르는 베르타는 그의 일그러진 얼굴을 보고 깜짝 놀랐다.

그러는 사이에 벌써 집에 도착했다. 베르타가 파울에게 손을 내밀자 그는 그녀에게 잘 자라고 인사했다. 그녀는 고개를 끄덕이고 갔다.

투스넬데는 그에게 잘 자라는 인사도 없이 그냥 먼저 가 버렸다. 그는 그녀가 등잔을 들고 계단을 올라가는 뒷모습을 보았다. 그렇게 그녀를 보고 있자니 은근히 그녀가 괘씸했다.

파울은 잠자리에 누웠으나 잠이 오지 않았다. 따뜻한 밤의 온기가 온몸을 휘감았다. 더위가 점점 더 심해졌다. 벽에서는 번갯불이 끊임없이 번쩍이고 있었고, 이따금 멀리서 나직하게 천둥소리도 들려오는 것 같았다. 긴 간격을 두고, 나무 우듬지도 흔들지 못하는 가녀린 바람이 왔다가 사라져 가곤 했다.

소년은 비몽사몽간에 오늘 저녁에 있었던 일들을 곰곰이 되새겨 보았다. 오늘 저녁이 여느 날 저녁과는 달랐다는 느낌이 들었다. 그는 자신이 어른이 된 것 같았다. 다른 때보다 오늘은 어른 역할을 훨씬 더 훌륭하게 해낸 것 같았다. 투스넬데와 아주 재미있게 이야기를 나누었고, 나중에 함께한 베르타와의 대화도 재미있었다.

소년은 투스넬데가 자기를 진지하게 대해 주었는지 아니면 행여 자기를 데리고 논 것은 아니었는지 궁금했다. 그는 프락세디스의 키스 장면을 내일 다시 읽어 보기로 했다. 자기가 정말 그 장면을 이해하지 못했던 것인지 아니면 단순히 놓쳐 버린 것인지 확인하고 싶었다.

그는 투스넬데 양이 정말 아름다운지, 참으로 아름다운지 알고 싶었다. 자기에게는 그렇게 보였지만, 자기 자신도 그리고 그 여자도 믿을 수가 없었다. 희미한 등불 옆 의자에 반은 앉고, 반은 누운 자세로 조용히 한쪽 팔을 아래로 늘어뜨렸던 날씬한 몸매의 그녀, 그녀의 이런 모습이 그의 마음에 들었다. 한가롭게 하늘을 쳐다보던 그녀, 한편으로는 기분이 좋아 보이기도 하고, 다른 한편으로는 피곤해 보이기도 한 그녀, 하얗고 가는 목덜미, 밝은색 긴 드레스를 입고 있던 그녀, 그녀의 이러한 모습은 한 폭의 그림 같았다.

물론 베르타가 그에게는 훨씬 더 마음에 들었다. 어쩌면 그녀는 나이브한 면이 좀 있는지도 모르겠다. 하지만 상냥하고 예쁘다. 그래서 그녀와는 스스럼없이 이야기를 나눌 수 있었다. 그녀는 뒤에서 사람을 비웃을 여자가 아니다. 나중이 아니라 처음부터 그가 그녀와 함께했더라면, 두 사람은 아마도 지금쯤 아주 가까운 친구가 되었을 텐데. 어쨌거나 손님들이 이틀밖에 머물지 않는다는 것이 그에게는 지금 무척 아쉽게 여겨지기 시작했다.

그런데 그가 베르타와 함께 웃으며 집으로 돌아올 때, 투스넬데가 왜 그런 눈으로 쳐다보았을까? 그는 그녀가 자기 옆을 지나가다 고개를 돌리던 모습이, 그녀의 시선이 다시금 떠올랐다. 그녀는 아름다웠다. 그는 그 순간의 그녀 모습을 또렷하게 떠올릴 수 있었다. 그는 그녀의 조소에 찬 눈빛을 지울 수가 없었다. 오만한 조소의 눈빛이었다. 왜 그랬을까? 『에케하르트』 때문이었을까? 아니면 자기가 베르타와 함께 웃었기 때문일까? 그는 잠을 자면서도 그 걱정을 떨쳐 버릴 수가 없었다.

다음 날은 하늘이 온통 구름으로 덮여 있었다. 하지만 비는 아직 오지 않았다. 사방에서 건초 냄새와 따뜻한 흙먼지 냄새가 풍겨 왔다.

"유감이네요. 오늘은 산책할 수 없겠죠?"

베르타가 층계를 내려오면서 말했다.

"아, 그래. 온종일 구름이 걷힐 것 같지 않구나."

압데레크 씨가 위로조로 말했다.

"평소에는 너 산책에 그렇게 열을 올리지 않았던 것 같은데."

투스넬데 양이 말했다.

"우리가 여기에 머무르는 시간이 너무 짧잖아!"

"그럼 우리 구주희 게임 해요."

파울이 제안했다.

"정원에서요. 크로케 시설도 있는데, 크로케는 지루해요."

"난 크로케 아주 좋아하는데."

투스넬데 양이 말했다.

"그럼 크로케를 하죠, 뭐."

"좋아. 하지만 우선 커피부터 마셔야지."

아침 식사 후 젊은이들은 정원으로 나갔다. 학위 후보생도 따라나섰다. 막상 정원에 나와 보니 크로케 놀이를 하기에는 풀이 너무 자라 있었다. 그래서 그들은 구주희 게임을 하기로 했다. 파울이 부지런히 핀을 가져와 가지런히 세웠다.

"누가 먼저 시작하죠?"

"물어본 사람이 항상 먼저 하는 거예요."

"그럼 좋아요. 어떻게 편을 짜죠?"

파울은 투스넬데와 짝이 됐다. 그는 구주희 게임에 능했다. 그래서 그는 그녀가 칭찬해 주기를 바랐다. 아니, 장난으로라도 뭐라고 말해 주기를 바랐지만, 그녀는 그를 쳐다보지도 않았다. 그녀는 구주희 게임에 아예 관심이 없었다. 파울이 그녀에게 공을 건네주면 그녀는 그것을 아무렇게나 던지고는 핀이 몇 개 넘겨졌는지 세어 보지도 않았다. 그러는 대신에 그녀는 가정 교사와 투르게네프에 관해 이야기를 나눴다. 홈부르거 씨는 오늘 아주 겸손을 떨었다. 베르타만이 놀이에 열중했다. 그녀는 매번 핀을 세우는 일을 도왔고, 자신이 공을 던질 때는 파울에게 도움을 청했다.

"가운데 있는 왕이 넘어졌다!"

파울이 외쳤다.

"누나, 이제 우리의 승리가 확실해졌어요. 왕은 십이 점이에요."

그녀는 고개만 까딱였다.

"엄밀히 말하면 투르게네프는 순수한 러시아 혈통이 아니죠."

학위 후보생이 말했다. 그는 자기 차례가 온 것도 잊고 있었다.

파울이 화가 나서 말했다.

"홈부르거 선생님, 선생님 차례예요!"

"내 차례라고?"

"그래요, 모두 기다리고 있잖아요."

그는 공으로 가정 교사의 정강이를 한 대 갈겨 주고 싶었다. 그가 기분이 상한 것을 눈치챈 베르타는 불안한 나머지 더 이상 핀을 맞히지 못했다.

"그럼 이제 구주희 게임은 그만해요."

아무도 반대하지 않았다. 투스넬데 양이 천천히 자리를 뜨자 가정 교사도 그녀의 뒤를 따랐다. 파울은 화가 치밀어 아직 남아 있는 핀들을 발로 걷어찼다.

"둘이서 하면 재미없어요. 이것들 치울게요."

그녀는 공손하게 그를 도왔다. 핀들을 모두 상자 속에 집어넣은 후 그는 투스넬데 쪽을 바라봤다. 그녀는 공원으로 사라지고 없었다. 역시 그녀에게는 그가 단지 어리석은 애송이에 불과했다.

"이제 뭐 하죠?"

"공원 좀 구경시켜 주지 않을래요?"

그러자 그는 곧장 걸음을 재촉해서 앞서갔다. 그가 어찌나 빨리 걸었던지 베르타가 그를 따라가기 위해서는 숨을 헐떡거리며 달려가야 했다. 그는 그녀에게 작은 숲과 플라타너스 길 그리고 너도밤나무와 잔디밭을 보여 줬다. 그는 자기가 거칠고 무뚝뚝하게 행동한 것이 조금은 부끄러웠다. 동시에 베르타 앞에서 아무렇게나 행동한 자신이 이해가 안 갔다. 그는 그녀가 두 살 정도 연하나 되는 것처럼 행동했다. 그녀는 조용했고 상냥했으며 수줍음을 탔다. 말이 거의 없었고, 이따금 그를 쳐다보는 그녀의 눈빛은 무언가 용서를 비는 것처럼 보였다.

수양버들 근처에서 그들은 앞서간 두 사람과 만났다. 학위 후보생은 여전히 얘기하느라 바빴고, 투스넬데 양은 입을 다문 채 언짢은 표정을 하고 있었다. 파울이 갑자기 말이 많아졌다. 그는 고목 쪽으로 일행을 데리고 가서 늘어진 나뭇가지를 헤치고 나무 기둥 둘레에 설치된 둥그런 벤치를 보여 주었다.

"앉읍시다."

투스넬데 양이 명령조로 말했다.

모두 벤치에 나란히 앉았다. 이곳은 무척 덥고 습했다. 후텁지근한 녹색 그늘에 앉아 있으려니 나른하고 졸음이 왔다. 파울은 투스넬데의 오른쪽에 앉아 있었다.

"여긴 정말 조용한데!"

홈부르거 씨가 말문을 열었다.

투스넬데 양이 고개를 끄덕이며 대꾸했다.

"그런데 너무 더워요! 우리 잠시 아무 얘기도 하지 않기로 해요."

그러자 네 사람 모두 침묵하기 시작했다. 투스넬데는 파울 옆 벤치에 손을 얹어 놓고 있었다. 그녀의 손은 길고 예쁜 숙녀의 손이었다. 그리고 손에서 뻗어 나간 손가락 또한 가녀렸고, 잘 다듬어진 손톱은 윤기가 흘렀다. 파울은 줄곧 그 손을 바라보았다. 품이 넓은 연회색 소매 밖으로 나온 그 손은 손목까지 들여다보이는 팔과 마찬가지로 새하얬다. 그녀의 손은 약간 바깥쪽으로 젖혀진 채 지친 듯 꼼짝 않고 있었다.

모두가 그렇게 아무 말이 없었다. 파울은 엊저녁을 떠올렸다. 바로 이 손이 조용히 안식을 취하듯 길게 늘어져 있었다. 미동도 없이 반쯤은 앉은 듯 반쯤은 누운 듯한 그녀의 모습, 그 모습은 그녀에게 정녕 어울렸다. 그녀의 용모와 그녀의 의상에 어울렸고, 적당히 부드럽고, 약간은 억제된 그녀의 음성에 어울렸다. 또한 그 모습은 잔잔한 눈을 지닌 그녀의 얼굴, 영리하고 무언가를 침착하게 기다리는 듯한 그녀의 얼굴에도 어울렸다.

홈부르거 씨가 시계를 보았다.

"실례하겠습니다. 여러분, 작업할 게 좀 있어서요. 파울, 넌 여기 더 있을 거지?"

그는 허리 굽혀 인사를 하고 그곳을 떠났다.

남은 사람들은 계속 말없이 앉아 있었다. 파울은 마치 범죄라도 꾀하는 사람처럼 가슴을 두근거리며 왼손을 조금씩 조심스럽게 옮겨 가서 그녀의 손

옆에 밀착시켰다. 그는 왜 그런 짓을 했는지 자신도 알 수 없었다. 자신도 모르는 새에 그런 일이 일어난 것이다. 그 순간 어찌나 초조하고 불안했던지 그의 이마에 땀방울이 다 맺혔다.

"크로케 놀이 나도 별로예요."

베르타가 꿈에서 깨어난 듯 나직하게 말했다. 가정 교사가 자리를 뜨는 바람에 그녀와 파울 사이에 빈자리가 생겨, 그녀는 파울 쪽으로 다가가 앉아야 할지 말아야 할지 한참 생각 중이었다. 하지만 오래 망설이면 망설일수록 자리를 옮기는 것이 더 힘들어질 것만 같았다. 그래서 더 이상 혼자 그렇게 외톨이가 되기 싫어서 그녀는 말문을 열기 시작한 것이다.

"그 놀이 정말 재미없어요."

그녀가 오래 뜸을 들인 후 덧붙였다. 하지만 아무도 대꾸하지 않았다.

다시금 침묵이 흘렀다. 파울은 자신의 심장이 뛰는 소리가 들리는 것 같았다. 그는 자리에서 벌떡 일어나 무언가 우스꽝스러운 얘기나 바보 같은 얘기를 해 보거나, 아니면 도망이라도 가고 싶은 충동을 느꼈다. 하지만 그는 손을 그대로 둔 채 그 자리에 그냥 앉아 있었다. 서서히 숨이 차올라 질식할 것만 같았다. 하지만 늘 그렇듯 슬프고 고통스러운 순간이 그에게는 오히려 기분 좋았다.

투스넬데 양이 조용하고 약간 피곤한 눈으로 파울의 얼굴을 쳐다보았다. 그녀는 자신의 오른손 옆 벤치에 파울이 왼손을 바짝 갖다 댄 채 꼼짝도 않고 그것을 응시하고 있는 것을 보았다.

그 순간 그녀는 오른손을 살짝 들어 파울의 손 위에 얹어 놓았다.

그녀의 손은 부드러웠으나 힘이 있었고, 건조하면서 따뜻했다. 파울은 도둑질하다 들킨 사람처럼 깜짝 놀라 떨기 시작했으나 손은 빼지 않았다. 그는 거의 숨을 못 쉴 지경이었다. 그의 가슴은 격렬하게 고동쳤고, 온몸이 화끈거리는가 하면 동시에 사시나무처럼 떨려 왔다. 그의 얼굴이 서서히 창백해졌다. 그는 애원하듯, 불안한 표정으로 그녀를 바라봤다.

"놀랐어?"

그녀가 살며시 웃으며 말했다.

"난 학생이 잠든 줄 알았는데?"

그는 아무 말도 할 수가 없었다. 그녀는 파울의 손 위에 놓여 있던 자신의 손을 치웠다. 하지만 파울은 아직 손을 그대로 놓고 있었다. 그는 그 감촉을 아직도 여전히 느끼고 있었다. 그는 자신의 손도 거둬들이고 싶었으나 온몸이 나른하고 머리가 혼란스러워 아무 생각도 나지 않았고, 아무런 결정도 내릴 수 없었다. 아무것도 할 수 없었다. 특히 손을 거둬들이기는 더더욱 힘들었다.

그때 갑자기 뒤쪽에서 숨이 막힐 듯 불안한 음성이 들려와 그는 깜짝 놀랐다. 정신을 차리고 심호흡하면서 자리에서 벌떡 일어섰다. 투스넬데도 자리에서 일어났다.

베르타가 앉은 자리에서 허리를 깊이 숙인 채 흐느끼고 있었다.

"먼저 집으로 가. 우리도 곧 따라갈게."

투스넬데가 파울에게 말했다.

파울이 걸음을 옮기자 그녀가 덧붙여 말했다.

"얘가 두통이 났나 봐."

그녀는 베르타를 재촉했다.

"가자, 베르타. 여긴 너무 더워. 더워서 숨이 막히겠어. 일어서, 정신 차려, 얘! 집에 가자."

베르타는 아무 대답도 하지 않았다. 그녀는 가녀린 목을 단출한 소녀복의 연푸른 팔소매 위에 얹어 놓고 있었는데, 이 소매로부터 뻗어 나온 각지고 마른 팔이 넓적한 손과 대조를 이루며 아래로 축 늘어져 있었다. 그녀는 조용히 울고 있었다. 그렇게 나직하게 한참 훌쩍거리던 그녀는 그런 자신이 이상하다는 듯 얼굴을 붉히며 일어섰다. 그러고는 머리를 뒤로 빗어 넘기며 천천히 경직된 미소를 짓기 시작했다.

파울은 마음을 진정시킬 수가 없었다. 투스넬데가 왜 자기 손을 내 손에 얹어 놓았을까? 그냥 장난으로 그런 것일까? 아니면 그것이 얼마나 가슴 저리게 하는지 그녀가 알고 있었던 걸까? 그 순간을 떠올릴 때마다 그는 매번 똑같은 감정에 빠져들었다. 수많은 신경과 혈관이 숨이 막힐 정도로 경련을 일으키고, 머리가 지근거리고, 가벼운 현기증이 일고, 목이 타는 듯하고, 마치 멎어 버리기라도 할 것처럼 심장은 마비된 듯하다가 불규칙적으로 쿵쾅거리고 — 이렇게 고통스러웠지만, 그에게는 그런 느낌, 그런 감정이 싫지 않았다.

그는 집을 지나 연못과 과수원 쪽으로 달려가서 이리저리 서성였다. 그러는 사이에 날씨는 점점 더 무더워졌다. 하늘은 완전히 구름으로 덮였고, 뇌우가 쏟아질 것 같았다. 바람 한 점 없었고, 이따금 나뭇가지가 가늘게 떨고 있었다. 나뭇가지 앞쪽에 있는 연못의 수면도 잠시 물이랑을 일으키며 은빛으로 떨고 있었다.

호숫가 잔디밭 둑에 매어 있는 작고 낡은 거룻배가 소년의 눈에 들어왔다.

그는 배 안으로 들어가 유일하게 남은 한곳에 앉았으나 밧줄을 풀지는 않았다. 노가 없어진 지 이미 오래였기 때문이다. 두 손을 물속에 담갔다. 물은 기분 나쁘게 미적지근했다.

불현듯 전례 없는 뜻 모를 슬픔이 그를 엄습해 왔다. 가슴을 짓누르는 꿈 속에서 허우적대는 듯한 느낌이 들었다. 아무리 애를 써도 사지를 꼼짝할 수 없을 것 같은 느낌이었다. 희미한 불빛과 구름 덮인 하늘, 음습한 연못, 바닥에 이끼가 낀 노 없는 나무 보트, 이 모든 게 음침하고 비참해 보였다. 그는 이유를 알 수 없는 암담한 절망감에 빠져들었다.

집 쪽에서 피아노 소리가 어렴풋이 들려왔다. 이제 모두들 집에 들어가 있고, 아버지가 그들에게 피아노 연주를 해 주고 있는 게 분명했다. 파울은 연주되고 있는 곡이 그리그의 〈페르귄트 조곡〉임을 곧 알아챘다. 그는 집으로 들어가고 싶었으나 배 안에 그대로 앉아서 활기 잃은 호수 너머, 지쳐서 꼼짝 않고 있는 과수 나뭇가지들 사이로 멀건 하늘을 바라보았다. 이번 여름 들어 처음으로 본격적인 뇌우가 들이닥칠 것 같았다. 여느 때 같았으면 기쁜 마음으로 첫 뇌우를 기다렸겠으나 이번엔 그렇지 않았다.

피아노 소리가 멈추고 잠시 정적이 흘렀다. 그러다 다시금 자장가같이 부드럽고 온화한 음이 들려왔다. 귀에 익지 않은 박자가 조심스럽게 멜로디를 타고 있었다. 이어서 노랫소리가 들려왔다. 여자의 음성이었다. 파울이 모르는 노래, 그가 들어 보지도 생각해 보지도 못한 노래였다. 하지만 누가 부르는지는 알 수 있었다. 착 가라앉고 약간 피곤한 음성, 바로 투스넬데의 음성이었다. 그녀의 노래는 그렇게 특출한 편은 아니었지만, 소년은 이 노래를 듣는 순간 먼젓번 그녀의 손이 와 닿았을 때와 마찬가지로 심장이 두근대고 아팠다. 그는 꼼짝도 않고 귀를 기울였다. 그가 그렇게 앉아서 노래를 경청하고 있는 동안 빗방울이 느리고 묵직하게 연못에 떨어지기 시작했다. 빗방울은 그의 손에도 그의 얼굴에도 떨어졌지만 그는 아무것도 느끼지 못했다. 단지 그 어떤 압박감과 긴장감 그리고 흥분감 같은 것이 그의 주위 혹은 그의 내부에서 농축되고, 물결치다가 출구를 찾고 있는 듯한 느낌밖에 들지 않았다. 동시에 『에케하르트』의 한 구절이 그의 뇌리에 떠올랐다. 순간 그는 문득 자신이 투스넬데를 사랑하고 있다는 것을 확인하곤 화들짝 놀랐다. 동시에 그녀가 성숙한 여인, 즉 숙녀라는 사실과, 자기는 아직 라틴어 학교 학생이며, 내일이면 그녀가 떠난다는 사실을 되짚게 되었다.

 노래가 끝나고 잠시 시간이 흐른 뒤 식사를 알리는 종이 낭랑하게 울려왔다. 파울은 집을 향해 천천히 걸음을 옮겼다. 대문 앞에 이르러 그는 비에 젖은 손을 닦고, 머리를 가다듬었다. 힘든 걸음을 내딛기라도 하듯 깊은 한숨을 내쉬었다.

 "아, 비가 오네요. 비 때문에 아무것도 못 하겠죠?"
 베르타가 탄식했다.
 "뭘 못 한다는 거예요?"
 파울이 접시에서 얼굴을 떼지 않은 채 물었다.
 "그러니까 우리……. 그쪽이 오늘 도토리나무 산으로 나를 데리고 간다고 약속했잖아요?"
 "그래요, 약속했어요. 하지만 날씨가 이러면 못 갈 수밖에 없죠."

그녀는 한편으로 그가 자신을 쳐다보고 자기의 안부를 묻기를 원하면서도 다른 한편으로는 그렇게 하지 않는 것이 다행이라고 생각했다.

그는 수양버들 아래에서 그녀가 울음을 터뜨렸던 고통스러운 순간을 깡그리 잊고 있었다. 서러움으로 터져 나온 그녀의 울음이 그에게는 별로 대수롭지 않게 여겨졌을 뿐 아니라, 오히려 그녀가 아직 어린 소녀에 지나지 않는다는 그의 생각을 더 확고하게 해 주었을 뿐이었다. 그는 그녀를 쳐다보는 대신에 계속해서 투스넬데 양을 곁눈질했다.

투스넬데는 가정 교사와 스포츠에 관해 활기차게 이야기를 나누고 있었다. 가정 교사는 어제 자신이 저질렀던 무례한 행동에 대해 부끄러워하고 있었다. 다른 많은 사람이 그러는 것처럼, 그는 자기가 알고 있고 중요하다고 생각하는 것보다는 모르는 것에 대해 훨씬 더 신나고 재미있게 이야기했다. 이야기는 대체로 숙녀가 이끌어 갔고, 그는 질문을 하거나 고개를 끄덕이고 맞장구를 치거나 그녀의 말이 끊어지면 그사이 공백을 잇는 정도였다. 젊은 숙녀의 다소간 애교스러운 화술 덕분에 여느 때와 달리 그의 경직된 태도가 누그러졌다. 심지어 그는 와인을 붓다가 흘렸을 때도 별일 아니라는 듯이 웃으며 가볍게 넘기기도 했다. 그러나 저녁 식사 후 그녀에게 좋아하는 것들 중에서 한 대목을 낭송해 달라는 그의 약삭빠른 청은 보기 좋게 거절당했다.

"이제 머리 아픈 거 다 나았지, 얘야?"

고모가 물었다.

"예, 전혀 아프지 않아요."

베르타가 힘없이 대답했다. 그녀의 얼굴엔 아직 수심이 가득했다.

'오, 얘들아!'

파울의 안절부절못하는 속내를 간파한 고모는 내심 탄식했다. 그녀는 이 생각 저 생각 궁리 끝에, 두 젊은이를 불필요하게 방해하지는 않아야겠지만 행여 어리석은 짓은 못하도록 잘 살펴보기로 마음먹었다. 파울의 경우 이성 문제는 처음 겪는 경험임을 그녀는 잘 알고 있었다. 머지않아 파울도 그녀의 보호권에서 벗어나겠지. 그리고 그가 가는 길도 그녀의 시야에서 벗어나겠지 — 오, 얘들아!

밖은 거의 어두워졌다. 세차게 쏟아지던 비가 몇 차례 돌풍을 맞더니 진정되기 시작했다. 뇌우는 아직 물러가지 않았으나 멀리서 천둥 치는 소리는 여전했다.

"뇌우가 무서우신가요?"

홈부르거 씨가 그의 숙녀에게 물었다.

"무섭기는커녕 뇌우보다 더 아름다운 것은 없어요. 식사 후 뇌우 구경하러 우리 정자에 가요. 너도 함께 갈래, 베르타?"

"언니가 가겠다면 나도 갈게."

"학위 후보생님도 함께 가시죠? — 됐어요. 야, 신난다! 올해 들어 이번이 첫 뇌우죠, 그렇죠?"

식탁을 물린 후 그들은 우산을 들고 나갈 채비를 했다. 베르타는 책을 한 권 들고 있었다.

"넌 함께 가지 않을 거니, 파울?"

고모가 말했다.

"난 빠지겠어요. 할 일이 좀 있어요."

그는 괴롭고 어수선한 마음을 달래기 위해 피아노 방으로 갔다. 그가 아무 곡이나 막 생각나는 대로 건반을 때리기 시작하는데, 아버지가 들어왔다.

"얘야, 몇 방 더 건너가서 하지 않겠니? 연습하려면 말이다. 하지만 모든 건 다 때가 있는 법이다. 우리 상급생들은 이런 후텁지근한 날에는 잠시 잠을 청하고 싶어 한단다. 그럼 안녕, 아들아!"

소년은 방에서 나와 식당과 복도를 지나 대문 쪽으로 갔다. 때마침 건너편 정자로 모두 들어가는 것이 보였다. 그때 뒤에서 고모가 살금살금 걸어오는 소리가 들렸다. 그는 재빨리 밖으로 뛰어나갔다. 모자도 안 쓴 채 두 손을 호주머니에 넣고 비를 맞으며 걸음을 재촉했다. 천둥소리가 점점 더 크게 울렸다. 진회색 하늘을 가르고 첫 번개가 수줍은 듯 짧게 한 번 번쩍였다.

파울은 집을 돌아 연못 쪽으로 갔다. 계속해서 가슴은 아프고, 비는 옷에 흠뻑 젖어 들었다. 아직도 시원해지지 않은 미적지근한 공기로 더운 탓에 두 손과 반쯤 걷어 올린 두 팔을 세차게 떨어지는 빗방울에 내맡겼다. 한편 다른 사람들은 정자에 모여 앉아 웃고 떠들며 이야기를 나누고 있었다. 아무도 그를 생각하는 사람은 없었다. 그는 그리로 건너가고 싶었지만 자존심이 허락하지 않았다. 한번 안 간다고 말했는데, 이제 와서 뒤늦게 끼어들 수야 없는 노릇이었다. 게다가 투스넬데가 그에게는 가자는 말조차 하지 않았다. 그녀는 베르타와 홈부르거 씨에게는 함께 가자고 하면서 그에게는 아무 말도 없었던 거다. 왜 그에게는 함께 가자고 말하지 않은 것일까?

옷이 흠뻑 젖은 채 그는 길도 제대로 보지 않고 정원지기의 움막으로 뛰어들었다. 계속해서 번개가 하늘을 가로지르며 황홀한 빛으로 번쩍거렸고, 비는 더욱 세차게 쏟아졌다. 정원지기 창고의 나무 계단 밑에서 부스럭거리는 소리가 들리더니, 덩치 큰 번견이 나직하게 으르렁거리며 나타났다. 파울을 알아본 개는 반갑게 애교를 떨면서 그에게 달려들었다. 파울은 갑자기 개가 사랑스러워져 개의 목을 껴안고 개가 있던 어두컴컴한 계단 밑으로 개를 데리고 갔다. 개 옆에 쭈그리고 앉아 개와 이야기를 나누며 즐겁게 시간을 보느라고 시간 가는 줄을 몰랐다.

정자에서는 홈부르거 씨가 쇠로 만든 정원 탁자를 이탈리아의 어느 해변 풍경이 그려져 있는 뒷벽 쪽으로 밀어붙였다. 그림의 밝은 색깔들, 푸른색, 하얀색, 담홍색 등은 비를 뿌리는 잿빛 하늘과 전혀 어울리지 않았고, 후텁지근한 날씨임에도 한기를 느끼게 했다.

"에를렌호프에서 사나운 날씨를 만나시는군요."

홈부르거 씨가 말했다.

"날씨가 어때서요? 전 뇌우가 멋진걸요."

"학생도 그렇게 생각해요, 베르타 양?"

"오, 저도 뇌우가 정말 좋아요."

그는 꼬마가 따라온 것이 몹시 못마땅했다. 아름다운 투스넬데와 이제 막 더 좀 친해질 수 있는 절호의 기회에 산통을 깨다니.

"내일 정말 떠나시는 건가요?"

"왜 그렇게 비장한 어조로 물으시죠?"

"섭섭해서 그렇습니다."

"정말이세요?"

"그럼요, 아가씨 — "

비가 정자의 얇은 지붕을 세차게 두드리며 홈통 끝에서 마구 빗물을 토해 냈다.

"학위 후보생님, 댁은 사랑스러운 소년을 제자로 두셨잖아요. 그런 제자를 가르치는 건 보람 있는 일이에요."

"그거 진담이세요?"

"물론이죠. 그 학생은 멋진 소년이에요. — 그렇지 않니, 베르타?"

"아, 난 모르겠어. 그 학생을 제대로 보지 못했으니까."

"그 애가 맘에 들지 않니?"

"그런 건 아니야. — 아니라고."

"이 벽화는 무얼 그린 건가요, 학위 후보생님? 리비에라 해변 같아 보이기는 하는데."

파울은 두 시간쯤 후에 온몸이 완전히 젖은 채 초주검이 돼서 집으로 돌아왔다. 그는 찬물로 목욕하고 옷을 갈아입었다. 그러고 나서 그는 세 사람이 돌아오기를 기다렸다. 마침내 그들이 돌아왔다. 현관을 들어서는 투스넬데의 목소리가 커다랗게 들려 오자 그는 깜짝 놀랐다. 가슴이 두근거렸다. 조금 전까지만 해도 엄두도 못 내던 그가 그 순간 문득 용기를 냈다.

투스넬데가 혼자서 계단을 올라올 무렵 그는 위층에서 몰래 그녀를 기다리고 있었다. 그와 마주친 그녀는 깜짝 놀랐다. 그는 그녀 앞으로 다가가서 그녀에게 조그만 장미 꽃다발을 내밀었다. 그가 비를 맞으며 밖에서 꺾어 온 들장미였다.

"이거 나에게 주는 거야?"

"그래요, 누나에게 주는 거예요."

"내가 이런 거 받을 자격 있나? 난 학생이 나를 싫어하는 줄 알았는데."

"또 나를 놀리는군요!"

"그런 거 아니야, 파울. 꽃 고마워. 들장미 맞지?"

"그래요, 들장미예요."

"나중에 이 중에서 한 송이 꽂을게."

그러고 나서 그녀는 자기 방으로 향했다.

이날 저녁에는 모두 홀에 모여 앉았다. 날씨는 이미 서늘해졌다. 밖에서는 반지르르하게 맑게 씻긴 나뭇가지에서 아직 빗방울이 떨어져 내리고 있었다. 원래는 음악 연주를 계획하고 있었으나 교수가 남은 몇 시간을 차라리 압데레크 씨와 잡담이나 하며 보내고 싶어 했다. 그래서 모두들 커다란 홀에 각자 편안하게 자리 잡고 앉아서 이야기꽃을 피웠다. 어른들은 담배를 피우고 젊은이들은 레몬 잔을 앞에 두고 있었다.

고모는 베르타와 함께 앨범을 뒤적이면서 그녀에게 지난날의 이야기들을 들려주고 있었고, 투스넬데는 기분이 좋은지 연방 웃어 댔다. 가정 교사는 정자에서 자기가 늘어 놓은 장광설이 투스넬데에게 먹혀들지 않았다는 것이 마음에 걸렸는지, 다시금 신경이 예민해져서 고통스럽게 얼굴을 실룩거렸다. 그는 그녀가 나이 어린 파울과 유치하게 웃고 떠드는 것이 못마땅했다. 그는 그녀에게 그 점을 지적해 줄 적당한 표현을 찾고 있었다.

파울은 그들 중에서 가장 유쾌해 보였다. 자기가 준 들장미를 투스넬데가 허리춤에 꽂고 있었고, 자기에게 '파울'이라고 이름을 불러 준 것이 술을 마신 듯 그의 기분을 고조시켰다. 그는 농담도 섞어 가며 이런저런 얘기를 쉴 새 없이 떠들어 댔다. 얼굴이 발갛게 상기된 채 자기의 호의를 우아하게 받아 주는 숙녀에게 잠시도 눈을 떼지 못했다. 그러면서도 그의 마음속 깊은 곳에서는 '내일이면 그녀는 떠난다! 내일이면 그녀가 떠난다!'라고 소리치고 있었다. 마음속 외침이 점점 더 커지고, 가슴이 저려 오면 올수록 그는 그 아름다운 순간에 더욱 애틋하게 집착하며, 더 명랑하게 지껄여 댔다.

잠시 파울 쪽을 건너다보던 압데레크 씨가 웃으며 소리쳤다.

"파울, 너 빨리도 시작하는구나!"

그는 아버지의 말에 개의치 않았다. 한순간 그는 밖으로 나가 문기둥에 기대 울고 싶은 충동이 강하게 일었다. 하지만 아니다, 그렇게 하면 안 돼!

그러는 동안 베르타는 고모와 친해져 서로 말을 트는 사이가 되었다. 그녀는 감사하는 마음으로 고모의 품에 자신을 내맡겼다. 자기를 모른 체하면서 하루 종일 자기에게는 한마디 말도 건네지 않는 파울 때문에 그녀의 가슴은 납덩이처럼 무거워졌으며, 피곤하고 서글픈 기분을 달래기 위해 온화하고 인자한 고모에게 자신을 떠맡겼다.

한편, 두 노신사는 서로 지난날의 추억을 떠올리기에 정신이 팔려, 그들 옆에서 젊은이들의 은밀한 격정이 불꽃을 튕기며 드잡이하는 줄은 전혀 모르고 있었다.

홈부르거 씨는 점점 더 설 자리를 잃어 갔다. 이따금 그가 이야기에 끼어들어 요점을 정리한답시고 따끔하게 한마디 던지곤 했지만, 그의 말을 귀담아듣는 사람은 아무도 없었다. 속이 쓰리고 뒤틀렸지만, 그러면 그럴수록 할 말을 찾기가 더욱더 힘들었다. 그는 파울이 까불어 대는 것이 우스꽝스러웠고, 투스넬데가 그것을 받아 주는 것에 울화가 치밀었다. 기분 같아서는 당장이라도 자리를 뜨고 싶었으나, 그러면 자기 밑천이 바닥나고 전의를 상실했다는 것을 고백하는 꼴이 될 것 같아 그대로 눌러앉아 완강하게 버티고 있었다. 투스넬데의 거침없고 장난기 섞인 오늘 저녁 행동이 그의 마음에 들지는 않았지만, 그렇다고 그녀의 부드러운 제스처와 약간 상기된 얼굴을 두고 떠날 수는 없는 노릇이었다.

투스넬데는 홈부르거의 그런 마음을 꿰뚫어 보고 있었다. 그녀는 파울이 자기의 관심을 끌려고 애쓰는 헌신적인 노력에 노골적으로 만족감을 표현했다. 학위 후보생이 그런 그녀의 행동에 화를 내고 있다는 것을 알았기 때문이다. 이 학위 후보생은 어느 모로 봐도 무기력한 사람으로, 내부에서 끓어오르는 분노가 미적지근하고 트릿한, 게으르기 이를 데 없는 체념으로 바뀌어 가고 있는 것을 감지하고도 그대로 방치하고 있었다. 이렇듯 우유부단한 성격 때문에 그는 이제껏 구애에 한 번도 성공하지 못했다. 그는 지금까지 자신을 한 여자에게 이해시키고, 자신의 가치를 제대로 평가받아 본 적이 한 번도 없는 위인이다. 하지만 그는 환멸과 고통, 외로움을 이것들 나름의 은밀한 매력으로 둔갑시켜 즐길 줄 아는 재질을 지녔다. 그때마다 입술을 실룩거리면서도 그 상황을 즐겼고, 오해받고 경멸을 당해도 겉으로는 즐거운 표정을 지었다. 그는 이러한 무대, 비극적 무언극의 주인공이었다. 미소를 띠면서 심장에 비수를 꽂는 그런 주인공 말이다.

밤늦은 시간에야 비로소 그들은 잠자리로 돌아갔다. 선선한 침실로 돌아온 파울은 열린 창문을 통해 고요한 밤하늘을 바라봤다. 하늘에는 우윳빛 솜털구름 조각들이 미동도 없이 펼쳐져 있었다. 엷은 구름층을 뚫고 부드럽고 강렬하게 새어 나오는 달빛이 공원 나무들의 젖은 잎사귀에서 무수하게 반사되고 있었다. 멀리, 어둑어둑한 지평선에서 얼마 떨어지지 않은 언덕 너머로 한 점 맑은 하늘이 가늘고 긴 섬처럼 축축하고 은은하게 모습을 드러냈다. 거기서 별 하나가 희미하게 반짝거리고 있었다.
　소년은 오랫동안 밖을 내다보고 있었으나, 그의 눈에 들어온 것은 이 풍경이 아니라 단지 활 모양으로 굽은 흐릿한 창공뿐이었다. 그의 주위에는 온통 맑고 서늘한 기운이 감돌았다. 그의 귀에는 한 번도 들어 본 적이 없는, 멀리서 일고 있는 폭풍 소리와 같은 낮은 음이 들려왔다. 그는 다른 세계의 부드러운 공기를 마시고 있었다. 허리를 숙인 채 창가에 서서 아무것도 보지 못하는 장님처럼 멍한 시선을 던지고 있었다. 그의 앞에는 삶과 열정의 세계가 흐릿하면서도 힘차게 펼쳐져 있었다. 하지만 이 세계는 눈앞에서 뜨거운 폭풍으로 찢기고 어둡고 후텁지근한 구름에 덮여 그늘져 있었다.
　맨 마지막으로 침실에 간 사람은 고모였다. 그녀는 방문과 덧문들을 일일이 살펴보고, 등불들을 끄고 어두운 부엌도 한 번 들여다보았다. 그러고 나서 그녀는 자기 방으로 들어가 촛불 옆 구식 안락의자에 앉았다. 그녀는 어린 파울의 심경을 잘 들여다보고 있었다. 그래서 내일 손님들이 떠난다는 것이 내심 기뻤다. 일이 잘 마무리되었으면 좋으련만! 그녀는 지금까지 자기가 정성껏 보살펴 온 아이를 어이없게도 하루아침에 잃어버릴 지경에 놓인 것이다. 그도 그럴 것이 속을 들여다보기가 어려울 정도로 파울의 마음이 이제 그녀에게서 떠나고 있었기 때문이다. 그녀는 파울이 사랑의 정원에 어설픈 첫발을 내디디는 것을 걱정에 찬 눈으로 바라보고 있었다. 왜냐하면 그녀 자신이 어린 시절 사랑의 정원에서 수확한 것이 별로 없을뿐더러, 쓰라린 기억만 남아 있기 때문이었다. 다음으로 그녀는 베르타 생각에 한숨이 나왔다. 그러나 그녀는 곧 엷게 미소 지으며, 어린 소녀에게 줄 위로의 선물을 오랫동안 서랍에서 찾았다. 그러는 동안 어느새 밤이 깊어진 것을 보고 그녀는 깜짝 놀랐다.

  잠이 든 집과 어둠이 깃든 정원 위로 우윳빛 엷은 솜털구름이 고요히 떠 있고, 지평선 근처의 하늘 섬은 어두우면서도 청아한 영역을 서서히 넓혀 가고 있었고, 그 속에서는 별들이 가물가물 은은한 빛을 발하고 있었다. 멀리 언덕마루에서는 가늘고 흐릿한 은색 띠가 언덕을 하늘과 경계 짓고 있었다. 정원에서는 싱싱한 나무들이 깊은 숨을 토해 내며 휴식을 취하고 있었고, 공원의 숲에서는 엷고 실체가 없는 구름 그림자가 너도밤나무의 검은 그림자와 교차하고 있었다.

  습기를 잔뜩 머금은 부드러운 대기가 구름 한 점 없는 청명한 하늘로 서서히 증발하고 있었고, 자갈 마당과 길에 생긴 조그만 물웅덩이들은 금빛을 띠기도 하고 연푸른빛을 반사하기도 했다. 마차 한 대가 자갈 울리는 소리와 함께 마당으로 들어왔다. 손님들이 마차에 오르고, 학위 후보생은 여러 차례 허리 굽혀 인사를 하고, 고모는 사랑이 듬뿍 담긴 표정으로 고개를 끄덕이면서 다시 한번 모두에게 악수를 청했다. 하녀는 현관 안쪽에서 먼발치로 떠나는 사람들을 지켜보고 있었다.

  파울은 투스넬데 맞은편에 앉아 애써 즐거운 척하고 있었다. 그는 쾌청한 날씨를 찬미하는가 하면, 자기가 이번 방학에 계획하고 있는 멋진 산악 여행에 관해 이야기했다. 그러면서 그는 투스넬데의 말 한마디, 웃음 하나하나를 놓치지 않고 걸신들린 듯이 자신의 심장으로 모두 빨아들이고 있었다. 나쁜 일인 줄 알면서도 그는 새벽 일찍 정원으로 몰래 들어가, 아버지가 애지중지 가꾸는 꽃밭에서 반쯤 봉오리를 연 화사한, 가장 화사한 중국 장미를 꺾어 왔다. 이 장미꽃을 그는 비단 종이에 싸서 상의 안주머니에 넣어 온 것이다. 그는 행여 꽃이 옷에 눌려 부서지지나 않을까 잠시도 마음을 놓지 못했을 뿐 아니라, 혹시라도 아버지한테 들키지나 않을까 걱정이 됐다.

어린 베르타는 아주 조용했다. 그녀는 고모가 꺾어 준 재스민 가지를 얼굴에 갖다 대고 있었다. 그녀는 이 집을 떠나는 것이 마음 편했다.

"나중에 카드 한 장 보낼까?"

투스넬데가 유쾌하게 물었다.

"아, 그럼요. 잊지 마세요. 무척 반가울 거예요."

이렇게 대답하고 나서 그가 덧붙였다.

"그쪽도 그 카드에 사인 좀 해 줘요, 베르타 양."

이 말에 베르타는 약간 놀란 표정을 지으며 고개를 끄덕였다.

"그럼 좋아. 우리도 잊지 않도록 명심할게."

투스넬데가 말했다.

"그래요. 그럼 나도 누나 잊지 않을게요."

그러는 사이에 그들은 벌써 역에 도착했다. 기차가 오려면 아직 십오 분이나 남았다. 파울에게는 이 십오 분이란 시간이 금쪽같이 여겨졌다. 하지만 이상했다. 막상 마차에서 내려 역 앞을 서성이는 동안 그에게는 어떤 농담도, 어떤 말도 떠오르지 않았다. 그는 갑자기 가슴이 짓눌리고 심장이 콩알만 해져서 시계만 뻔질나게 들여다보며, 이제라도 기차가 들이닥칠까 봐 걱정이 됐다. 최후의 순간이 되어서 비로소, 투스넬데가 기차 난간에 올라섰을 때 비로소 그는 장미를 꺼내 투스넬데의 손에 쥐어 줬다. 그녀는 유쾌한 표정으로 그에게 고개를 끄덕이고 기차 안으로 들어갔다. 기차는 떠났고, 모든 게 끝이 났다.

파울은 아버지와 함께 집에 가기가 두려웠다. 아버지가 마차에 오른 후 그는 함께 타려다가 발을 내리며 말했다.
"전 걸어서 가고 싶어요."
"뭐 죄진 거라도 있는 게냐, 우리 파울?"
"아, 아니에요, 아빠. 함께 갈게요."
하지만 압데레크 씨는 웃으며 눈짓으로 만류하고 혼자 떠났다.
"이제 겪어야 할 나이도 됐지."
그는 돌아오는 길에 혼자 중얼거렸다.
"그 일로 죽기야 하려고."
그는 오랜만에 처음으로 자기 첫사랑의 모험을 떠올리고는, 아직 그때 일들을 하나도 빼놓지 않고 선명하게 기억하는 자신에 놀라움을 금치 못했다. 이제 벌써 아들 차례가 왔구나! 아들 녀석이 장미를 훔친 것이 그에게는 대견스럽게 여겨졌다. 그는 모든 걸 알고 있었다.
집으로 돌아온 그는 거실 책장 앞으로 가서 잠시 발을 멈췄다. 그는 책장에서 『베르테르의 고뇌』를 꺼내 주머니에 넣었다. 그러나 곧 주머니에서 책을 꺼내 몇 쪽을 뒤지더니 휘파람을 불면서 그 조그만 책을 다시 제자리에 꽂았다.
한편 파울은 햇볕이 따뜻하게 내리쬐는 시골길을 걸어 집에 가는 중이었다. 그는 아름다운 투스넬데의 모습을 계속 떠올리려고 애를 썼다. 더위에 지쳐 공원 담장에 도착했을 때 비로소 그는 눈을 뜨고, 이제 어떻게 하면 좋을까 생각해 보았다. 그때 불현듯 번개처럼 기억이 떠올라 그는 수양버들 쪽으로 발길을 옮겼다. 그는 허겁지겁 그 나무를 찾아가서는 길게 늘어선 나뭇가지를 헤치고 들어가 어제 투스넬데가 앉아 있던 옆자리, 그러니까 그녀가 자기 손을 그의 손 위에 얹었던 바로 그 자리에 앉았다. 두 눈을 감고 손을 나무 벤치 위에 놓았다. 그러고는 어제 그의 마음을 사로잡아 도취시키고 아프게 한, 그 폭풍 같은 순간을 돌이켜 보았다. 그의 심장에 뜨거운 불길이 이는가 하면 파도 소리가 출렁거렸고, 뜨거운 강물이 진홍 날개를 타고 소용돌이치면서 흘러갔다.

파울이 벤치에 앉은 지 그리 오래지 않아 누군가가 그쪽으로 걸어오는 소리가 들렸다. 그는 수백 가지 꿈에서 깨어난 사람처럼 얼떨떨한 표정으로 고개를 들었다. 눈앞에 홈부르거 씨가 서 있었다.

"아, 너 여기 있었구나, 파울? 온 지 오래됐니?"

"아니에요. 배웅하러 역에 함께 갔었어요. 걸어서 집에 가는 길이에요."

"그런데 여기 앉아 우울한 모습을 하고 있네."

"저 우울하지 않은데요."

"그렇다고 해 두지. 하지만 너 평소엔 더 명랑했어."

파울은 대답하지 않았다.

"여자들한테 꽤 신경 쓰는 것 같더구나."

"그렇게 보였어요?"

"특히 한쪽 여자한테 말이야. 난 네가 동생을 더 좋아하는 줄 알았어."

"그 애송이를 말이에요? 흥!"

"그래, 맞아. 애송이."

파울은 학위 후보생의 얼굴이 비참하게 일그러지는 것을 보고, 얼른 자리에서 일어나 아무 말 없이 돌아서서 풀밭 한가운데를 가로질러 달렸다.

점심 식사 때는 유난히 조용했다.
"우리 모두 약간 피곤해 보이는군."
압데레크 씨가 미소 지으며 말했다.
"너도 역시 피곤해 보이는구나, 파울. 그리고 홈부르거 씨, 당신 역시 그렇죠? 하지만 즐겁게 기분 전환은 했어요. 안 그래요?"
"옳은 말씀입니다, 압데레크 어르신."
"당신 그 처녀와 많은 이야기를 나누었죠? 그 애 꽤나 책을 많이 읽었더군."
"그 점에 관해서는 파울이 더 잘 알 것 같습니다. 유감스럽게도 제가 그 아가씨와 이야기를 나눈 것은 잠시뿐입니다."
"너는 어떻게 생각하니, 파울?"
"저요? 누구를 두고 하시는 말씀인가요?"
"투스넬데 양 말이다. 이야기하기 싫으면 말고. 너 정신이 딴 데 간 모양이구나."
"아, 어린애가 여자들에 관해 무슨 관심이 그렇게 많겠어."
고모가 끼어들었다.

벌써 날씨가 다시 뜨거워졌다. 앞마당은 열기를 내뿜고 있었고, 길에는 마지막 남은 물웅덩이들도 모두 말라 버렸다. 햇볕이 내리쬐는 잔디밭에는 수령이 많은 너도밤나무가 무더운 볕에 둘러싸여 있었다. 압데레크 2세, 파울은 튼튼한 가지를 골라 걸터앉은 뒤 나무 기둥에 기댔다. 검붉은 나뭇잎들이 그에게 그늘을 만들어 주었다. 이곳은 소년이 오래전부터 즐겨 찾는 곳이었다. 이곳에 있으면 아무한테도 들킬 염려가 없었다. 이곳 나뭇가지 위에서 그는 삼 년 전 가을에 남몰래 『군도』를 읽었고, 이곳에서 그는 첫 담배를 피웠다. 그가 먼젓번 가정 교사에 관한 풍자시를 쓴 곳도 이곳이었다. 이 풍자시가 고모에게 발견되는 바람에 그녀로부터 호되게 야단을 맞았다. 그는 이 시절에 자기가 한 짓이 까마득한 옛날이나 되는 것처럼 이제 우쭐한 마음으로 느긋하게 그날들을 회상하고 있었다. 어린애 같은 짓이었어, 어린애 같은 짓!

한숨을 쉬며 그는 허리를 펴고는 앉은 자세 그대로 상체를 돌린 뒤 주머니칼을 꺼내 나무 기둥을 파냈다. 하트 모양의 문양 안에 투스넬데의 이니셜 T 자를 새겨 넣을 작정이었다. 며칠이 걸리더라도 그는 이 글자를 예쁘고 깨끗하게 새겨 보겠노라고 다짐했다.

그날 저녁 그는 정원사에게 건너가서 그의 칼을 갈아 달라고 했다. 칼 가는 도구의 바퀴는 그가 직접 돌렸다. 집으로 돌아오는 길에 잠시 낡은 보트 쪽으로 가서 보트에 올라 손으로 물을 첨벙첨벙 휘저으며, 어제 그가 이 배에서 들었던 노랫소리를 떠올려 보려고 애썼다. 하늘에는 구름이 반쯤 덮여 있었다. 밤이 되면 다시 뇌우가 칠 것 같았다.

라틴어 학교 학생

집들이 빽빽하게 들어선 오래된 소도시 한가운데 엄청나게 큰 건물이 한 채 우뚝 서 있다. 조그만 창문이 여러 개 달려 있고, 하도 짓밟혀서 초라해진 현관과 계단이 때로는 고색창연해 보이는가 하면, 때로는 우스꽝스럽기도 하다. 이 건물을 바라볼 때마다 어린 카를 바우어에게도 바로 그런 느낌이 들었다. 그는 열여섯 살 학생으로 아침과 점심에 책가방을 들고 매일 이 건물을 드나들었다. 그는 아름답고 명쾌하고 간계가 없는 라틴어와 옛 독일 작가들에 대해서는 즐겨 공부했지만, 어려운 그리스어와 대수학에는 골치를 앓았다. 이 과목들은 그가 일 학년 때 그랬던 것처럼 삼 학년이 되어서도 전혀 마음에 들지 않았다. 마찬가지로 허연 수염을 기른 나이 많은 몇몇 선생님들은 호감이 갔지만, 젊은 선생님 몇몇은 그에게 고통을 주는 존재였다.

  이 학교에서 그리 멀지 않은 곳에 아주 오래된 상점이 하나 있었는데, 이 상점의 거무죽죽하고 습기 찬 계단에 올라서면 늘 열려 있는 문으로 끊임없이 사람들이 드나들었다. 캄캄한 현관에서는 알코올과 석유 그리고 치즈 냄새가 진동했다. 카를은 어두운 이 현관에 익숙했다. 그도 그럴 것이 이 집 위층에 그가 기거하는 방이 있었기 때문이다. 그는 상점 주인의 어머니에게서 하숙하고 있었다. 아래층은 어두웠지만 위층은 무척 환했으며, 전망이 확

트여 있었다. 날씨만 좋으면 이곳은 햇볕이 들고, 도시 전체를 거의 다 내다볼 수 있었다. 카를과 주인아주머니는 눈에 보이는 이 도시의 지붕들을 거의 다 알고 있었을 뿐 아니라, 그 이름도 훤히 꿰고 있었다.

상점에는 양질의 식자재들이 엄청나게 쌓여 있었는데, 이것 중에서 가파른 계단을 올라와 카를 바우어에게 제공되는 것은 빈약하기 그지없었다. 늙은 하숙집 여주인 쿠스터러 부인이 차리는 식탁은 항상 그렇게 초라해서 카를 바우어는 배불리 먹어 본 적이 한 번도 없었다. 음식 문제만 빼놓으면 그녀와 그는 서로 사이가 아주 좋았다. 그의 방에서 그는 성에 사는 영주 못지않게 자유로웠다. 거기서 그는 아무런 방해도 받지 않고 자기가 하고 싶은 것은 무엇이든 할 수 있었다. 그는 자기 방에다 온갖 것을 다 벌려 났다. 새장에 든 두 마리의 박새는 별도로 치더라도, 그는 방에다 대장간 시설을 만들어 놓고 노에다 납과 주석을 녹여 무언가를 주조하기도 했다. 여름이면 철망 속에다 발 없는 도마뱀과 발 달린 도마뱀을 길렀는데, 이것들은 갇힌 지 얼마 되지 않아 철망에 구멍을 뚫고 도망해 버리기 일쑤였다. 그 밖에 그는 바이올린도 가지고 있었는데, 책을 읽지 않거나 공예 작업을 하지 않을 때면 어김없이, 밤낮을 가리지 않고 바이올린을 켰다.

이렇게 이 학생은 날마다 즐겁게 시간을 보내면서 한 번도 지루해 본 적이 없었다. 게다가 그에게는 책이 없을 때가 없었다. 그는 읽고 싶은 책이 보이면 당장 그 책을 대출해 왔기 때문이다. 그는 많은 양의 책을 읽지만 아무 책이나 즐겨 읽지는 않았다. 그가 무엇보다도 애독하는 책은 동화집과 설화집, 운문 비극 같은 것들이었다.

이 모든 게 그를 만족시켜 주었지만, 그의 허기를 달래 주지는 못했다. 그는 배에서 쪼르륵 소리가 날 정도로 배가 몹시 고픈 날이면 거무죽죽하고 낡은 계단을 족제비처럼 살금살금 기어 내려가 석조 현관으로 갔다. 상점에서 새어 나오는 빛이 희미하게 비쳐 오는 이곳에 높다랗게 세워 놓은 빈 상자에 이따금 고급 치즈가 남아 있거나, 문 옆에 놓여 있는 뚜껑 열린 작은 통에 훈제 청어가 반쯤 들어 있기도 했다. 운이 좋은 날이거나, 카를이 일을 거들어 준다는 구실로 용감하게 상점으로 직접 들어가는 날이면 종종 말린 자두와 잘게 썬 배 따위를 몇 움큼씩 주머니에 집어넣을 수도 있었다.

하지만 그는 소유욕으로, 또는 양심의 가책을 느끼며 이런 짓을 하는 것이 아니라, 배고픈 자의 악의 없는 심정에서, 사람에 대한 두려움을 모르고 위험에 뛰어드는 일을 자랑스럽게 여기는 콧대 높은 대도의 심정으로 이런 짓을 했다. 늙은 하숙집 아주머니가 그에게 인색하게 굴어서 남긴 것, 그녀 아들의 보물 창고에 넘쳐나는 것, 이런 것을 빼앗아 오는 일은 그의 생각에 도덕적 세계 질서의 계율에는 전혀 어긋나는 일이 아니었다.

이런 여러 가지 습관과 일 그리고 취미는 저 전능한 학교와 더불어 카를 바우어의 시간과 생각을 충분히 채워 줄 수 있을 것 같았지만, 그는 아직도 그것들로 만족하지 못했다. 학우들의 흉내를 내느라고 그랬는지, 아니면 심미적 자양분이 되는 독서의 결과 때문인지, 그것도 아니면 스스로 마음이 끌려서인지는 몰라도 그는 그 무렵 처음으로 연애라는 아름답고 신비로운 세계에 발을 내디뎠다. 그런데 그 당시 자신의 구애와 노력이 실제로는 결코 결실을 맺지 못할 것이라는 점을, 그는 뻔히 알고 있었기 때문에, 별 스스럼 없이 그 도시에서 가장 예쁜 처녀를 찍었다. 그녀는 부잣집 딸인데다 화려한 옷치장으로 동년배의 다른 처녀들과는 비교도 안 될 정도로 돋보였다. 카를

학생은 매일 그녀의 집 앞을 지나다니면서, 그녀를 만날 때마다 교장 선생님을 만나기라도 한 것처럼 모자를 벗고 깍듯이 인사했다.
 상황이 이쯤 되었을 무렵, 아주 색다른 일이 우연찮게 그의 삶으로 끼어들어 그의 삶에 새로운 문이 열리게 되었다.
 가을이 막바지에 달한 어느 날 저녁, 멀건 밀크 커피로는 배를 채울 수가 없어 카를은 허기를 달래기 위해 또다시 먹을 것을 찾아 나섰다. 그는 소리 없이 계단을 내려가 현관을 수색했다. 그곳에서 잠시 수색전을 펴던 중, 사기 접시 하나가 그의 눈에 들어왔다. 큼지막하고 빛깔 좋은 겨울 배 두 개가 붉은 테두리를 한 네덜란드산 슬라이스 치즈와 함께 접시에 놓여 있었다.
 집주인의 식탁에 놓일 음식인데 하녀가 잠시 이곳에 보관해 두었을 거라는 것쯤은 배고픈 그도 능히 짐작할 수 있을 터였다. 그러나 예기치 않은 광경에 눈이 뒤집힌 그는 자비로운 운명이 그에게 내려 준 절호의 기회라는 생각부터 하게 되었다. 그는 감사의 뜻을 표하고 그 선물을 자기 주머니에 쑤셔 넣었다.
 그러나 그가 막 그곳을 떠나려는 찰나에 손에 촛불을 들고 지하실 문에서 나온 하녀 바베트가 무뢰한을 발견하고는 깜짝 놀랐다. 카를은 그녀가 부드러운 슬리퍼를 신고 소리 없이 나타났기 때문에 미처 몸을 피하지 못했다. 젊은 도둑의 손에는 아직 치즈가 들려 있었다. 그는 꼼짝 못 하고 그 자리에 서서 바닥만 내려다보았다. 심장이 갈가리 찢기는 듯했고, 창피한 마음에 쥐구멍이라도 찾고 싶었다. 두 사람은 촛불이 비추는 가운데 마주 서 있었다. 이제까지 용감한 소년의 삶에서 지금보다 더 고통스러운 순간은 있었지만 이보다 더 치욕적인 순간은 결코 없었다.

"아니, 이게 무슨 짓이야!"

바베트가 드디어 입을 열더니 후회막심해하고 있는 침입자를 살인범이라도 대하듯 뚫어지게 노려보았다. 카를은 아무 소리도 못 하고 서 있었다.

"정말 큰일 났네!"

그녀가 다시 말했다.

"그래, 넌 그게 도둑질이라는 걸 모르니?"

"아니, 알아요."

"나 원 참 기가 막혀서. 어떻게 이런 짓을 할 생각을 했니?"

"이게 그냥 여기 있어서. 바베트 아줌마, 난 이게……."

"이게 어떻다는 거야?"

"배가 너무 고파서……."

이 말을 듣자 나이 든 하녀의 눈이 휘둥그레졌다. 그녀는 이 불쌍한 학생의 처지를 충분히 이해할 수 있다는 표정을 지으면서 놀라움과 연민에 가득 찬 눈으로 그를 바라보았다.

"배가 고프다고? 도대체 위에서 먹을 걸 제대로 주지 않는 거니?"

"조금. 바베트 아줌마, 조금밖에 안 줘요."

"어머, 그래? 알았어, 그럼 됐어. 주머니에 넣은 거 가져가. 그리고 치즈도 그냥 갖고 가고. 그런 거 이 집에 아직 많아. 난 이제 올라가 봐야 할 것 같다. 아니면 누가 내려올지도 몰라."

카를은 야릇한 기분에 젖어 자기 방으로 돌아왔다. 그는 생각에 잠긴 채 네덜란드산 치즈를 먼저 먹고 다음에 배를 먹었다. 다 먹고 나자 마음이 홀가분해졌다. 그는 크게 한번 숨을 쉬고는 기지개를 켠 후 바이올린으로 감사의 찬미가를 한 소절을 연주했다. 연주를 막 끝내려는데 나직하게 노크 소리가 들렸다. 문을 열자 바베트가 문 앞에 서 있었다. 그녀는 버터를 아낌없이 바른 큼지막한 빵을 그에게 내밀었다.

내심 말할 수 없이 기뻤지만 그가 정중하게 이를 거절하려고 하자 그녀는 막무가내였다. 그는 못 이기는 체하고 그걸 받아 들였다.

"바이올린 정말 잘 켜던데."

그녀가 감탄하며 말했다.

"바이올린 켜는 소리 자주 들었어. 그리고 먹을 거 말인데, 그거 내가 챙겨 줄게. 저녁마다 너한테 먹을 거 꼭 갖다 줄 테니 아무에게도 말하지 말고. 너의 아버지가 하숙비를 충분히 내는 걸로 아는데, 왜 그 여자가 그렇게 박하게 구는지 모르겠네."

소년은 머뭇거리며 감사의 마음을 전하고, 다시 사양하려 했으나 그녀가 들은 척도 안 하자 이번에도 못 이기는 듯이 그녀의 뜻에 따르기로 했다. 그리하여 그들은 다음과 같은 협약을 맺었다. 카를이 배가 고파 돌아오는 날에는 계단에서 〈황금빛 저녁놀〉이란 곡을 휘파람으로 분다. 그러면 그녀가 먹을 것을 가져오고, 그렇지 않고 그가 다른 곡을 휘파람으로 불거나 아예 아무 소리도 내지 않으면 음식을 가져오지 않아도 된다는 것이다. 후회와 감사의 마음으로 그는 그녀의 넓적한 오른손을 향해 손을 내밀었다. 그녀는 소년의 손을 힘껏 잡는 것으로 협약의 조인을 대신했다.

이 시간 이후로 이 라틴어 학교 학생은 마음씨 좋은 한 여인의 진심 어린 관심과 보살핌을 받게 되었다. 그는 기쁘기 그지없었고 가슴 뭉클할 정도로 감격했다. 그도 그럴 것이 부모가 모두 시골에 살고 있었기 때문에 고향에서 지내던 어린 시절을 제외하면 그는 일찍부터 하숙 생활을 할 수밖에 없었다. 이제 그는 종종 고향에서 지내던 시절을 상기하게 되었다. 왜냐하면 바베트가 마치 어머니처럼 그에게 극진히 신경을 써 주고 아껴 주었기 때문이다. 그녀의 나이를 보면 그렇게도 할 만했다. 그녀는 마흔을 바라보는 나이에, 원래는 강철 같고 고집 세고 억센 여자였는데, 도둑질이 인연이 되어 뜻밖에 이 소년을 사랑스러운 친구로, 보호자로서 먹을 것을 챙겨 줄 수 있는 피보호자로 삼을 수 있게 되었기 때문이다. 지금까지 어둡고 경직된 마음의 심연 속에서 졸고 있던 그녀의 인자한 살신성인의 정신이 잠을 깨 환한 광명의 세계로 들어서게 된 것이다. 그녀의 성향은 이제 거의 소심하고 세심해지기까지 했다.

이런 변화는 카를의 일상을 편하게 해 주는 데 그치지 않고, 그를 한순간에 응석받이로 만들기도 했다. 어린애들이 흔히 그렇듯이 그는 바베트가 주는 것이면 그것이 귀한 것이든 아니든 가리지 않고, 이 모든 걸 마치 자신이 응당 받을 권리가 있기라도 한 것처럼 스스럼없이 받아들였다. 그는 저 치욕적인 날, 지하실 문 앞에서 바베트와 처음 만난 치욕스러운 날이 채 며칠 지나지 않았는데도 그날을 깡그리 잊어버리고, 매일 저녁 계단에서 〈황금빛 저녁놀〉을 천연덕스럽게 불러 댔다. 마치 아무 일도 없었다는 듯이.

아무리 감사한 마음이 크더라도 바베트의 선행이 계속해서 음식에만 국한되었더라면 그녀에 대한 카를의 기억은 그렇게 사라지지 않고 오랫동안 생생하게 남아 있지 않았을 것이다. 청춘은 배가 고프다. 하지만 청춘은 그것 못지않게 꿈에 부풀기도 한다. 치즈나 햄, 아니 지하실의 과일이나 와인으로는 이 두 사람의 관계를 계속해서 따뜻하게 유지해 주지는 못했을 것이다.

바베트는 쿠스터러의 집에서만 없어서는 안 될 존재로 높이 평가받는 것이 아니라, 이웃 사람들 모두한테서도 탓할 데 없는 성실한 여자라는 소리를 듣고 있었다. 그녀가 함께하는 자리는 언제나 즐거움이 넘치되 난잡하지 않았다. 이웃 가정주부들도 이것을 잘 알고 있었다. 그래서 그녀들은 자기 집 하녀가, 특히 젊을 경우, 그녀와 친하게 지내기를 바랐다. 그녀의 추천을 받는 사람은 어디서나 대환영이었으며, 그녀와 교분이 두터우면 하녀 클럽이나 처녀 클럽에서 추천받은 사람보다 더 좋은 평을 들었다.

하루 일과가 끝나거나 일요일 오후가 되면 바베트는 혼자 있을 때가 드물고, 항상 자기보다 어린 하녀들에게 둘러싸였다. 그녀는 그들과 함께 시간을 보내면서 여러 가지 조언도 하고, 놀이도 하고, 노래도 부르고, 개그 문답과 수수께끼 풀이도 함께했다. 약혼자나 형제가 있는 경우에는 그들을 데려오는 것도 허용했다. 하지만 누구를 데려오는 일은 아주 드물었다. 약혼한 처녀들은 대체로 곧장 이 모임을 등한히 했고, 젊은 직공들과 하인들은 처녀들처럼 그렇게 바베트와 친해지기가 쉽지는 않았기 때문이다. 남녀 간의 불장난을 그녀는 허용하지 않았다. 자기의 총애를 받는 처녀가 그런 길로 빠지면 바베트는 엄하게 질책했고, 그래도 말을 안 들으면 그 처녀와 인연을 끊었다.

이 활기찬 처녀들의 모임에 그 라틴어 학교 학생이 손님으로 참가하게 되었다. 아마도 그는 학교에서보다도 이 모임에서 더 많은 것을 배웠을 것이다. 그는 자신이 참가했던 첫날 밤을 잊을 수가 없었다. 모임 장소는 뒤뜰이었다. 처녀들은 계단이나 빈 궤짝 같은 데 앉아 있었고, 사방은 어둠이 깔려 있었다. 그리고 위로는 사각형으로 잘린 밤하늘이 아직도 연푸른색을 띤 채 희미하고 부드럽게 흘러가고 있었다. 바베트는 반원형의 지하실 입구에 놓인 조그만 통 위에 앉아 있었고, 카를은 그녀 옆 문기둥에 몸을 기댄 채 겸연쩍게 서 있었다. 그는 희미한 불빛 속에 드러난 처녀들의 얼굴을 아무 말 없이 바라보고 있었다. 그 순간 그는 친구들이 자기가 이 모임에 참가했다는 소문을 전해 듣기라도 하면 무슨 말들을 할지 약간 걱정이 되기도 했다.

아, 이 처녀들의 얼굴! 그가 보니 이들의 얼굴은 거의 모두가 낯익은 얼굴이었다. 그런데 희미한 불빛 속에 이렇게 모여 앉아 있는 걸 보니 완전히 다른 모습이었다. 이들은 무슨 수수께끼 속의 인물이라도 만난 것처럼 그를 뚫어지게 바라보고 있었다. 그는 오늘 지금 이 시간까지도 그들의 이름과 얼굴을 모두 기억하고 있을 뿐 아니라, 그들의 과거지사도 더러는 알고 있다. 가지가지 과거들! 몇 년 안 되는 하녀 생활에서 얼마나 얄궂은 운명이, 얼마나 많은 우여곡절이 그들의 삶을 휘저었으며, 얼마나 지고한 우아함 또한 그들과 함께했던가!

초록 나무 집 안나도 와 있었다. 그녀는 아주 어린 나이에 처음 하녀 일을 시작할 무렵 도둑질을 해서 한 달간 감옥살이를 한 적이 있었는데, 그녀는 몇 년 전부터 개과천선해서 성실하고 정성껏 일했기 때문에 보배로 거듭났다. 그녀의 눈은 크고 갈색을 띠고 있었으며, 입은 퉁명스러워 보였다. 그녀는 말없이 그곳에 앉아 소년을 호기심 같기도 하고 텀텀해 보이기도 한 눈으로 바라보고 있었다. 그녀의 애인은 당시에 그녀의 전과에 관한 얘기를 듣고 그녀를 떠나 다른 여자와 결혼했다가 다시 독신으로 돌아왔다. 그런 그가 그녀에게 다가가 다시 손을 내밀었으나 그녀는 그의 손을 완강하게 뿌리쳤다. 속으로는 예전 못지않게 그를 사랑하고 있음에도 그녀는 그를 더 이상 아는 체하지 않았다.

꽃집에서 일하던 마르그레트는 항상 명랑하고, 노래도 잘 불렀다. 붉은색이 섞인 그녀의 블론드 머리카락은 윤기가 흘렀다. 그녀는 늘 옷을 깨끗하게 입고 다녔으며, 항상 예쁘고 상쾌한 것, 이를테면 푸른색 리본이라든가 꽃 몇 송이 같은 것을 몸에 지니고 다녔다. 하지만 돈은 좀처럼 쓰지 않고 잔돈까지 모두 고향의 의붓아버지에게 보냈다. 그런데 이 작자는 그 돈을 몽땅 술로 낭비하고는 고맙다는 인사도 하지 않았다. 그녀는 그 후 고달픈 삶을 살았다. 결혼에 실패한데다 그 밖에 갖가지 역경과 고난을 겪었다. 그러다가 생활이 좀 피게 되자 그녀는 다시 예쁘고 깔끔하게 치장하고 다녔으며, 웃음도 되찾았다. 예전처럼 그렇게 자주 웃지는 않았지만 그럴수록 그녀는 더욱 아름다웠다.

너나없이 그들 거의 모두가 기쁜 일과 돈 그리고 친구는 적은데, 일거리와 근심거리 그리고 화나는 일은 많았다. 그들은 역경을 스스로 헤쳐 나가야 했기 때문에, 몇몇을 제외하고는 모두가 씩씩하고 강건한 여전사가 되어 있었다. 두세 시간밖에 안 되는 자유 시간이면 그들은 모여서 웃고, 유머를 즐기고, 노래를 불렀으며, 별것 아닌 것, 이를테면 한 줌의 호두나 빨간 리본 조각 따위를 가지고도 즐거워했다. 그녀들은 잔혹한 고문 이야기를 들으면 끔찍해 몸을 떨면서도 재미있어 했고, 슬픈 노래를 들으면 함께 노래하고 한숨 쉬며, 선량한 두 눈에서 커다란 눈물방울을 떨어뜨리기도 했다.

물론 그들 중 마음에 들지 않는 여자도 몇 명 있었다. 그들은 남의 흠 잡기를 좋아하고, 불평이 많고, 필요 이상으로 말을 많이 했다. 바베트는 필요한 경우 적시에 이런 여자들의 입을 막았다. 그러나 이런 여자들도 나름대로 고생이 심해 삶이 편하지는 않았다. 특히 주교가 모퉁이 집에서 일하는 그레트가 유난히 그랬다. 그녀의 삶은 편안치가 않았다. 그녀는 도덕심이 너무 강해서 심지어 처녀 클럽의 규범조차도 그녀에게는 경건하거나 엄격한 것이 아니었다. 귀에 거슬리는 소리를 들으면 그녀는 깊은 한숨을 쉬면서 입술을 깨물고 나직하게 말했다. '정의는 고난을 받게 마련이지.' 그녀는 매년 그렇게 고통스러운 삶을 영위하면서도 끝내 고집을 꺾지 않았다. 그러나 그녀는 자기 양말에 가득 모아 둔 돈을 셀 때면 감격해서 눈물을 흘렸다. 그 밖에도 그녀는 두 번이나 기능공과 결혼할 기회가 있었지만 두 번 다 그녀 쪽에서 거절했다. 한 사람은 탕아였고, 다른 한 사람은 너무 정직하고 고상해서 그의 곁에서는 한숨 쉴 일도 없고 투정 부릴 수도 없기 때문이었다.

 이런저런 사정이 있는 여자들이 이렇게 어두운 뒤뜰의 한구석에 모여 앉아 자기에게 일어났던 일들을 서로 주고받으면서 이 밤엔 무슨 좋은 일, 기쁜 일이라도 생기기를 기대했다. 이들의 얘기와 행동이 처음에는 글 꽤나 읽은 소년에게는 별로 시답지 않게 생각되었으나, 곧이어 이질감이 사라지면서 거리낌이 없어지고 마음도 편안해졌다. 이제 그에게는 어둠 속에 쪼그리고 모여 앉은 처녀들의 모습이 무척이나 아름답고 진기해 보였다.

 "그러니까 여기 이 사람이 그 라틴어 학교 학생이란다."

 바베트가 카를을 소개하며 가엾게도 허기로 배를 곯던 그의 이야기를 꺼내려고 했으나 그가 애원하는 눈빛으로 그녀의 소매를 잡아당기자 고맙게도 그의 청을 들어주었다.

 "그럼 학생은 엄청나게 많이 공부했겠네요?"

붉은빛 블론드 머리카락을 지닌 꽃집 마르그레트가 물었다. 그녀가 계속해서 질문했다.

"장차 대학에 가서는 무슨 공부를 할 거예요?"

"네, 그건 아직 결정하지 않았어요. 아마 의사가 될지 모르겠어요."

이 말에 여자들은 그가 존경스러웠던지 모두들 그를 뚫어지게 쳐다봤다.

"그럼 먼저 콧수염부터 길러야겠네요."

약국집 레네가 말하자 좌중에 폭소가 터졌다. 한쪽에서는 나직하게 키득거리는 소리가 들리는가 하면, 다른 한쪽에서는 와자지껄 한바탕 웃음보가 터진 것이다. 사방에서 어찌나 놀려 대든지 바베트가 도와주지 않았다면 그는 곤경에서 빠져나오지 못할 뻔했다. 그들은 그에게 재미있는 이야기를 하나 해 달라고 했다. 그는 읽기는 많이 읽었지만 당장 생각나는 것은 무서움을 이겨 내는 사람에 관한 동화 한 편밖에 없었다. 그러나 그가 이야기를 시작하자마자 그녀들은 깔깔대며 외쳤다.

"그 이야기는 벌써 오래전에 알고 있어요."

주교가 모퉁이 집의 그레트가 경멸적인 어투로 말했다.

"그건 어린애들에게나 어울리는 이야기예요."

그는 이야기를 중단하고, 창피해서 어찌할 바를 몰라 했다. 그러자 바베트가 그를 대신해서 약속했다.

"다음번에 이 학생이 다른 이야기를 들려 줄 거야. 이 학생은 집에 책이 무지하게 많이 있다고!"

그가 생각하기에도 맞는 말이었다. 그래서 그는 다음에는 그녀들을 진짜로 만족시켜 주기로 결심했다.

그사이 하늘에는 푸르스름한 마지막 잔광마저 사라지고, 어둠 속에서 별 하나가 떠올랐다.
"이제 너희들 집으로 돌아가야 할 것 같다."
바베트가 주의를 환기시켰다. 모두들 자리에서 일어나 먼지를 털고 머리와 앞치마를 가지런히 하고 서로 인사를 나누며 헤어졌다. 어떤 사람은 뒤뜰 작은 문으로, 어떤 사람은 복도를 통해, 또 어떤 사람은 대문을 통해 사라졌다.
카를 바우어도 작별 인사를 하고 층계를 올라가 자신의 방으로 갔다. 그는 이 밤이 만족스럽기도 했지만, 한편으로 그렇지 않은 것 같기도 하고, 무언가 애매한 기분이 들었다. 그는 젊은 객기와 라틴어 학교 학생 특유의 어눌함에서 자신이 벗어나지 못했다는 생각이 들었고, 새로 알게 된 이 처녀들은 자신과 다른 삶을 산다는 사실을 깨달았다. 이 처녀들은 거의 모두가 분주한 일상생활에 꽁꽁 묶여 있으며, 그가 알지 못하는 동화 속 세상처럼 낯선 세계에 사는 그녀들은 힘차게 살아가고 있었다. 다소간 현학적인 망상에 사로잡힌 그는 이 순박한 삶의 흥미로운 시를, 태고의 민중 세계를, 척박한 삶의 세계를, 군가를 외쳐 대는 이 세계를 한번 깊이 들여다볼 생각이었다. 하지만 그는 이 세계가 자기 세계보다 어떤 점에서는 엄청나게 우월하다는 생각이 들면서, 이 세계로부터 점령당해 온갖 억압으로 곤욕을 치르게 되지나 않을까 걱정되었다.
그러나 그런 위험한 일이 당분간은 일어나지 않을 것 같았다. 벌써 겨울이 바짝 다가온 탓에 하녀들의 저녁 모임도 점점 줄어들었고, 아직 날씨가 그렇게 춥지는 않지만 머지않아 언제고 눈이 내릴 것이라는 생각도 들었기 때문이다. 그건 그렇고, 카를은 바베트가 그를 대신해서 약속한 이야기의 부담에서 벗어날 기회를 얻게 되었다. 이번 것은 『보석상자』에서 읽은 춘델하이너와 춘델프리더에 관한 이야기였다. 이 이야기는 열광적인 갈채를 받았다. 끝부분의 도덕에 관한 내용은 그가 일부러 생략했는데, 바베트가 그럴 필요를 느꼈던지 그녀 재량껏 첨가했다. 그레트를 제외한 하녀 모두가 이야기꾼에 대해 칭찬을 아끼지 않았고, 번갈아 가며 주요 대목을 반복하기도 했다. 그녀들은 그에게 다음에 또 그런 재미있는 이야기를 해 달라고 부탁했다. 그도 그렇게 하겠노라고 약속했지만 그다음 날부터 이미 날씨가 너무 추워져서 밖에서 모인다는 것은 생각도 할 수 없게 되었다. 그 후 성탄절이 가까워지면서 그는 다른 생각과 즐거움에 빠져들었다.

매일 밤마다 그는 아버지에게 선물할 담배 케이스를 깎았고, 거기다 라틴어로 된 시구를 새겨 넣으려고 했다. 그런데 글씨체가 영 고전적인 품위를 드러내지 못했다. 라틴어 이행시의 분위기를 제대로 살리려면 글씨체가 이를 받쳐 줘야 하는데 말이다. 하는 수 없이 그는 담배 케이스 뚜껑에다 '담배 맛 즐기세요'라는 글자를 장식용 서체로 큼지막하게 적고, 글자의 선을 따라 끌로 판 뒤 홈을 경석 가루로 메꾸었다. 그런 다음 담배 케이스에 왁스를 발라 반짝반짝 윤을 냈다. 이 작업을 끝낸 그는 유쾌한 기분으로 방학을 맞았다.

일월의 날씨는 청명하고 추웠다. 카를은 틈만 나면 스케이트장을 찾았다. 그러던 어느 날 예쁜 부잣집 처녀에 대해 품고 있던 그의 연정이, 가능성 없다고 생각하면서도 어느 정도는 미련이 남아 있던 그의 연정이 끝내 사라지고 말았다. 그의 친구들은 온갖 사소한 기사도 정신을 발휘하며 그녀의 주위를 맴돌고 있었다. 그는 그녀가 이 아이, 저 아이를 막론하고 매번 냉담하게 대하는 것을 보았다. 상대를 해 줬댔자 그녀가 그들에게 보여 주는 정중함과 애교는 고작 짓궂은 장난에 불과했다. 그런 상황을 잘 알면서도 그는 한 번 대시해 보기로 작정하고, 그녀에게 함께 스케이트를 타지 않겠느냐고 말을 건네 보았다. 드러나게 얼굴을 붉히거나 말을 더듬거리지는 않았지만 가슴이 몇 차례 두근거리기는 했다. 그녀는 부드러운 가죽 장갑을 낀 조그만 왼손으로 추위서 빨개진 그의 오른손을 잡고 그와 함께 스케이트를 타고 달렸다. 그러나 품위 있는 대화에 속수무책인 그의 모습에 재미있다는 표정을 감추지 못하던 그녀는 마침내 감사하다는 말을 건성으로 내뱉고 고개를 한번 까딱하더니 그의 곁을 떠났다. 곧이어 그는 그녀가 자기 친구들과 함께 낄낄거리며 빈정대는 소리를 들었다. 그들 중 몇몇은 교활한 시선으로 그를 힐끔힐끔 쳐다봤다. 흔히 예쁘장하고 버릇없는 계집애들이 해 대는 행동거지였다.

그에게는 무척 자존심이 상하고 분통이 터지는 일이었다. 그날 이후로, 애초부터 이루어질 수 없었던 망상인 그녀의 생각을 완전히 접어 버리고, 그 깍쟁이와는 — 그는 그녀를 이렇게 불렀다 — 스케이트장에서 만나든 거리에서 만나든 전혀 아는 체하지 않기로 마음먹었다.

너절하기 이를 데 없는 품위, 무가치한 질곡에서 벗어난 기쁨을 만끽하고 배가시키기 위해 그는 밤이면 종종 용감무쌍한 친구들과 어울려 모험의 세계에 뛰어들었다. 그는 이들과 함께 경찰을 놀려 대기도 하고, 불이 켜진 건물 일 층의 창문을 두드리기도 했으며, 종의 줄을 잡아당겨도 보고, 초인종 버튼에다 성냥개비를 끼워 고정해 놓기도 하고, 집 지키는 개들을 미쳐 날뛰게 만들기도 하고, 외진 골목에서는 휘파람을 불거나 호두를 깨물거나 화약을 터뜨려 아낙네들을 놀라게도 했다.

 카를 바우어는 겨울밤 어둠을 틈타서 벌이는 이런 장난에 한동안 무척이나 재미를 느꼈다. 유쾌한 자만심과 동시에 가슴 조이는 체험 욕구가 그를 거칠고 뻔뻔스럽게 만들었으며, 이런 장난을 칠 때마다 그의 가슴은 더없는 기쁨으로 요동쳤다. 이러한 멋진 쾌감에 도취해 그는 이 쾌감을 누구에게도 알리지 않고 혼자서 만끽했다. 그런 장난 뒤에는 집에 돌아와 늦게까지 바이올린을 켜고 흥미진진한 책들을 읽었다. 그때마다 그는 자신이 노획물을 들고 집에 돌아와 피 묻은 큰 칼을 씻어서 벽에 걸어 놓은 다음 태연하게 장작에 불을 지피는 산적처럼 여겨졌다.

 그러나 어둠 속에서 벌이던 재미있는 장난들도 매번 같은 양상으로 반복되고, 내심 기대했던 모험다운 모험은 한 번도 겪어 보지 못하자 그는 점점 흥미를 잃고 말았다. 자유분방한 친구들에게도 진력이 난 나머지 그들과도 점점 거리를 두기 시작했다. 별로 내키지 않는 마음으로 마지막으로 어울린 어느 날 저녁, 그에게 한 사건이 벌어졌다.

 사내아이들은 네 명이 짝을 지어 브뤼엘 골목을 휘젓고 다녔다. 그들은 작은 지팡이를 휘두르며 못된 짓을 모의하고 있었다. 한 명은 양철 테 코안경을 걸치고 있었고, 넷 모두 하나같이 사내들 특유의 멋을 부린다고 모자를 삐딱하게 쓰고 있었다. 그때 한 하녀가 종종걸음으로 그들을 앞질러 갔다. 그녀는 손잡이가 달린 커다란 바구니를 팔에 끼고 있었는데, 바구니에서 검정 띠가 기다랗게 삐져나와 바람에 나부끼더니 땅에 끌렸다. 더러워진 띠의 끄트머리가 땅 위에서 이리저리 나뒹굴며 재미있게 춤을 췄다.

카를 바우어는 딱히 생각 없이 객기로 그 띠를 꽉 잡았다. 젊은 처자가 그것도 모르고 계속 걸어가는 동안 풀린 띠는 점점 더 길어졌다. 사내아이들은 그 광경이 재미있다고 폭소를 터뜨렸다. 그때 그 처녀가 돌아보더니 웃고 있는 사내아이들 쪽으로 번개같이 달려왔다. 블론드 머리에 예쁘장하고 젊은 그녀는 바우어의 뺨을 한 대 갈기고 늘어진 띠를 얼른 주워 담고 잰걸음으로 사라졌다.

아이들의 조롱이 이번에는 모욕당한 자를 향했다. 그러나 카를은 아무 소리 없이 묵묵히 걷다가 모퉁이에 이르러 아이들에게 짧게 인사를 건네고 그들과 헤어졌다.

그는 이상한 생각이 들었다. 그 소녀, 어슴푸레한 골목에서 얼핏 한번 본 얼굴인데, 그녀가 아주 예쁘고 사랑스럽기만 했다. 그리고 무척이나 창피스러웠는데도, 그녀가 때린 뺨이 아픈 것이 아니라 후련했다. 하지만 자기가 사랑스러운 그녀에게 치기 어린 장난을 쳤다는 생각과 이제 그녀가 분노하고, 그를 철없는 개구쟁이로 여길 거라는 생각을 하면 후회스럽고 부끄럽기 그지없었다.

그는 천천히 하숙집으로 돌아왔다. 기분이 울적해서 휘파람도 불지 않고 가파른 계단을 올라가 조용히 방으로 들어갔다. 반 시간가량 어둡고 차가운 유리창에 이마를 기대고 있던 그는 바이올린을 꺼내 들고 어린 시절에 즐겨 부르던 정감 어린 옛 노래들을 연주했다. 그가 사오 년 이래로 한 번도 노래하거나 연주하지 않은 곡들도 있었다. 그는 고향에 있는 자기 여동생과 정원, 마로니에 나무, 베란다의 붉은 장미와 어머니 생각이 났다. 그러다 마음이 어수선하고 피곤해져 침대로 갔으나 얼른 잠이 오지 않았다. 철없이 못된 장난에 끼어들고 동네 불량배 노릇을 자랑삼던 그가 조용히 나직하게 흐느끼기 시작했다. 소리 없이 그렇게 계속 울다가 잠이 들었다.

　카를은 이제 야밤 배회 패거리들, 지금까지 한패였던 이들로부터 겁쟁이, 배신자란 소리를 듣게 되었다. 왜냐하면 그 이후로 그들과 일절 어울리지 않았기 때문이다. 그들과 어울리는 대신 그는 「돈 카를로스」를 읽었고, 에마누엘 가이벨의 시와 비에르나츠키의 『물에 잠기는 섬』을 읽었으며, 일기를 쓰기 시작했고, 마음씨 좋은 바베트의 도움도 이따금만 요청했다.
　바베트는 이 젊은 친구에게 무슨 일이 일어난 게 틀림없다는 생각이 들었다. 어느 날 그녀는 그를 보살펴 주겠다고 약속한 바도 있고 그의 상태가 어떤지 살펴보기 위해 그의 방문을 두드렸다. 그녀는 먹음직스러운 리용산 소시지 한 개를 들고 와서 그녀가 보는 자리에서 먹어 치우라고 카를을 종용했다.
　"아, 됐어요, 바베트 아줌마. 지금은 배가 안 고파요."
　하지만 젊은이들은 때를 가리지 않고 언제든 음식을 먹을 수 있다는 생각을 가진 그녀는 자기 뜻이 관철될 때까지 밀어붙였다. 그녀는 언젠가 라틴어 학교 학생들은 공부할 거리가 너무 많다는 소리를 들었는데, 자기가 보살펴 주는 이 학생이 공부와는 거리가 멀다는 것은 모르고 있었다. 눈에 띄게 식욕이 떨어진 카를이 병에 걸렸다고 생각한 그녀는 그의 건강 상태에 관해 꼬치꼬치 묻고는 솔직한 대답을 요구했다. 그러고는 마침내 항간에 정평이 있기로 소문난 설사약을 그에게 가져다주었다. 카를이 한바탕 웃어 대며 자기는 정말 건강하고, 식욕이 떨어진 건 요즘 들어 어쩐지 기분이 좀 심란하기 때문이라고 설명했다. 그녀는 그의 심정을 바로 알아차렸다.

"요즈음은 휘파람도 거의 불지 않더니만."

그녀가 활기차게 웃으며 말했다.

"너희 집에 누가 죽은 것도 아닐 테고, 말해 봐. 너 사랑에 빠진 거지?"

카를은 얼굴이 빨개지는 것을 감출 수 없었다. 하지만 그는 벌컥 화를 내며 바베트의 말에 쐐기를 박았다. 마음이 좀 심란하고 지루할 뿐 그것 말고 다른 일은 하나도 없다고 뻗댔다.

"그럼 내가 너한테 들려줄 말이 있어."

그녀가 명랑하게 말했다.

"내일 저 아래 모퉁이 집에서 일하는 꼬맹이 리스가 결혼해. 그 애는 한참 오래전에 어떤 노동자와 약혼했어. 생각해 보면 좀 더 돈 있는 남자와 만날 수도 있었지만, 사람이 좋아. 돈이 행복을 보장해 주는 건 아니잖아. 결혼식에 너도 와야 해. 너도 리스 잘 알잖아. 네가 체면 같은 거 생각하지 않고 참석해 주면 모두들 좋아할 거야. 초록 나무 집 안나와 주교가 모퉁이 집 그레트도 올 거야. 그리고 나. 그 밖에는 올 사람이 별로 없어. 비용 때문에 마을 회관에서 조촐하게 치르기로 한 거지. 음식도 많지 않고, 댄스파티 같은 것도 없어. 그런 거 없어도 얼마든지 만족할 수 있어."

"하지만 난 초대도 받지 않은걸요."

카를이 뜻밖이라는 표정으로 말했다. 그런 자리에 가는 것이 별로 내키지 않기도 했다.

바베트는 그의 말을 바로 무시해 버렸다.

"아 그거, 그 문제는 내가 알아서 할게. 저녁 한두 시간만 짬을 내. 참, 좋은 생각이 떠올랐어! 네가 바이올린을 가져오는 거야. 바로 그거야! 괜히 쓸데없는 핑계대지 말고. 바이올린을 가져오라고. 그럼 흥도 날 테고, 모두들 너에게 고마워할 거야."

잠시 생각에 잠기더니 그가 그렇게 하겠다고 대답했다.

다음 날 저녁 바베트가 그를 데리러 왔다. 그녀는 고이 간직해 온 예복, 그러니까 젊은 시절에 입었던 예복을 걸치고 왔는데, 옷이 꽉 죄어서 땀까지 흘렸지만 잔칫집에 갈 생각으로 흥분한 나머지 얼굴이 상기돼 있었다. 카를이 옷을 갈아입겠다고 하자, 그녀는 그냥 칼라만 새것으로 갈면 된다며 그를 재촉했다. 예복 차림에도 불구하고 그녀는 먼지 묻은 카를의 장화를 솔로 털어 주었다.

두 사람은 함께 교외의 초라한 마을 회관으로 향했다. 신혼부부가 빌린 회관 객실에는 작은 방과 부엌이 딸려 있었다. 카를은 물론 바이올린을 가지고 갔다.

바베트와 카를은 조심스럽게 천천히 걸었다. 어제부터 눈이 녹아 땅이 질척거렸기 때문이다. 그들은 신발에 진흙을 묻히지 않고 식장에 들어서고 싶었다. 바베트는 엄청나게 크고 육중한 우산을 팔에 낀 채, 적갈색 치마를 양손으로 높이 치켜들었다. 카를은 그런 그녀가 못마땅했다. 그는 사람들이 보는 데서 그녀와 함께 걷는 것이 조금 창피했다.

신혼부부가 빌린 객실은 좀 누추하기는 했지만 흰 회칠이 되어 있었다. 전나무로 만든 식탁에 음식이 깔끔하게 차려져 있었는데, 식탁 주위로 신랑, 신부와 신랑의 동료 두 사람, 신부의 사촌과 친구들 등 칠팔 명이 둘러앉아 있었다. 본 음식으로는 샐러드를 곁들인 구운 돼지고기가 나왔으나 그들이 들어섰을 때는 이미 식사가 다 끝난 뒤였다. 식탁 위에는 케이크가 놓여 있었고, 식탁 옆 바닥에는 커다란 맥주가 두 통 있었다. 바베트가 카를 바우어를 대동하고 들어서자 모두들 자리에서 일어섰다. 신랑은 절을 두 번이나 깍듯이 했고, 인사와 소개는 말주변이 좋은 신부가 맡았다. 하객들은 한 사람 한 사람 모두가 두 사람과 악수했다.

"케이크들 드세요."

신부가 말했다.

신랑은 말없이 새 잔 두 개를 내밀고 맥주를 따랐다.

아직 등잔을 켜지 않았기 때문에 카를은 주교가의 그레트 말고는 아무도 알아볼 수 없었다. 그때 바베트가 눈짓해서 그는 그녀가 미리 종이에 싸 준 축의금을 신부의 손에 쥐여 주고 축하 인사를 건넸다. 그러고 나서 그는 권하는 대로 자신의 맥주잔을 앞에 놓고 앉았다.

그 순간 그는 깜짝 놀랐다. 얼마 전 브뤼엘 골목에서 그에게 따귀를 때린 소녀가 그의 옆자리에 앉아 있었기 때문이다. 하지만 그녀는 그를 알아보지 못했는지 아무렇지 않은 표정으로 그를 쳐다봤다. 그때 막 신랑이 건배 제의를 해서 서로 잔을 부딪쳤는데, 그녀도 친절하게 자기 잔을 그의 잔에 갖다 댔다. 그녀의 태도에 어느 정도 안심한 카를은 용기를 내어 그녀를 쳐다봤다. 그는 최근에 하루에도 몇 번씩 그녀의 얼굴을 떠올리며 그녀를 생각했다. 그 당시 그녀의 얼굴을 얼핏 보았을 뿐 그 후 한 번도 본 적이 없었다. 그는 그녀의 모습이 그때와는 완전히 달라 놀라지 않을 수 없었다. 그녀의 얼굴은 부드럽고 상냥해 보였으며, 몸매도 그가 상상했던 것 이상으로 날씬하고 가벼워 보였다. 그뿐 아니라 그녀는 상상했던 것보다 훨씬 예쁘고 매력적이었으며, 나이도 그와 엇비슷해 보였다.

다른 사람들은, 이를테면 바베트와 안나는 신이 나서 이야기를 활발하게 나누고 있는데, 카를은 무슨 말을 해야 할지 몰라 가만히 앉아서 그 금발 머리 소녀에게서 눈을 떼지 않은 채 술잔만 만지작거렸다. 그는 그 입술에 키스하고 싶은 생각을 얼마나 자주 했던가! 이런 생각을 하다 그는 내심 깜짝 놀랐다. 그도 그럴 것이 그녀를 오랫동안 쳐다보면 볼수록 그런 짓은 더욱더 어렵고 무모해 보였기 때문이다. 아니 그런 짓은 절대 불가능해 보였다.

　그는 기가 꺾여 한동안 침울한 기분으로 가만히 앉아 있었다. 그때 바베트가 그에게 바이올린을 꺼내서 뭐라도 한번 연주해 보라고 외쳐 댔다. 소년은 못 한다고 얌전을 빼다가 곧 케이스에서 바이올린을 꺼내 현을 뜯으며 조율하고 나서 인기곡 하나를 켰다. 음정을 다소간 높게 잡았으나 곧 모두가 함께 노래를 불렀다.

　그렇게 해서 얼음장 같던 분위기가 녹아들기 시작했다. 식탁 주위에는 온통 즐거움이 넘쳐흘렀다. 바닥에 세우는 등잔을 새롭게 마련해 기름을 채워 불을 켰다. 객실에는 노래가 연이어 울려 퍼졌다. 카를이 익혀 두었던 몇 개 안 되는 댄스곡 중 한 곡을 연주하자 세 쌍이 일어나 웃으며 비좁은 객실을 돌았다.

　아홉 시가 가까워질 무렵 하객들이 자리에서 일어섰다. 금발 소녀는 한동안 카를과 바베트와 같은 길을 걸었다. 카를은 용기를 내어 그녀에게 말을 걸었다.

　"어디에서 일하세요?"

　"상인 콜더러 씨 집에서요. 소금 골목 모퉁이에 있는 집이에요."

　"그렇군요. 그래요."

"네."

"네, 그 집 알고 있어요. 그러니까……."

카를은 더 이상 말을 잇지 못하다가 다시 용기를 내어 물었다.

"여기 사신 지 오래됐나요?"

"반년 됐어요."

"그런데, 전에 한 번 본 적이 있는 것 같아요."

"전 그쪽이 초면인데요."

"저녁에, 브뤼엘 골목에서, 아닌가요?"

"전혀 기억이 안 나는데요. 골목에서 만난 사람들을 모두 다 뚫어지게 쳐다볼 수는 없는 일 아니에요?"

그는 안도의 숨을 쉬었다. 그녀에게 용서를 빌려던 참이었는데 그녀가 자기를, 그 치한을 알아보지 못하는 것이 얼마나 다행스러운지 몰랐다. 그녀는 모퉁이에 다다르자 멈추며 작별 인사를 했다. 그녀는 바베트에게 악수를 청하고 나서 카를에게 말했다.

"안녕히 가세요, 학생 양반. 그리고 고마웠어요."

"뭐가 고마웠다는 거죠?"

"음악 연주요. 아름다운 음악 연주 말이에요. 그럼 두 분 다 안녕히 가세요."

그녀가 막 돌아서려는데 카를이 그녀에게 손을 내밀었다. 그녀는 얼른 악수하고 그들 곁을 떠났다.

집에 도착하여 그가 층계 입구에서 바베트에게 잘 자라는 인사를 하자 그녀가 물었다.

"재미있었어? 아니면 재미없었어?"

"좋았어요. 정말 근사했어요."

그가 행복에 젖어 대답했다. 그는 주위가 어두운 것이 천만다행이라고 생각했다. 그렇지 않았다면 그의 얼굴이 붉어진 게 드러날 것이 뻔했기 때문이다.

낮이 길어지기 시작했다. 날씨가 점점 더 포근해지고, 하늘도 더 푸르러졌다. 후미진 도랑과 마당 구석의 오래된 희뿌연 얼음도 녹아 없어지고, 맑은 날 낮에는 벌써 이른 봄을 알리는 산들바람이 불었다.

바베트도 뒤뜰의 저녁 모임을 다시 열었다. 그녀는 날씨가 허락하는 한 지하실 입구에 앉아 그녀의 친구들, 어린 하녀들과 이야기를 나누었다. 카를은 그 모임에 별로 나가지 않았다. 그는 사랑의 꿈속을 헤매고 있었다. 방에 설치한 동물 우리도 돌보지 않고, 나무 깎는 일과 대패질도 멈춰 버렸다. 그 대신 엄청나게 크고 무거운 아령을 한 쌍 구해다 놓고, 바이올린으로 성이 차지 않을 때면, 지쳐서 녹초가 될 때까지 방에서 아령 운동을 했다.

그는 길거리에서 그 밝은 금발 소녀를 서너 번 만났는데, 볼 때마다 그녀는 더욱 사랑스럽고 예뻐 보였다. 하지만 그는 그녀와 더 이상 얘기를 나누지 못했고, 그럴 가능성도 없어 보였다.

그러던 어느 일요일 오후, 더 정확히 말해 삼월 첫째 일요일 오후였다. 그가 막 집을 나서는데, 뒤뜰 옆쪽에서 처녀들이 모여 이야기하는 소리가 들려왔다. 그는 갑자기 호기심이 일어 문에 바짝 다가서서 문틈으로 바깥을 살펴봤다. 그레트와 꽃집의 명랑한 마르그레트가 앉아 있는 것이 보였고, 그녀들 뒤쪽으로는 밝은 금발 머리가 눈에 띄었다. 금발 머리는 그녀들의 머리보다 조금 솟아 있었다. 그녀는 바로 자기 여자, 금발 머리 티네였다. 기뻐 깜짝 놀란 그는 우선 심호흡부터 했다. 그리고 용기를 내어 문을 열고 그들이 있는 곳으로 갔다.

"우린 학생 양반이 그동안 혹시라도 거만해진 게 아닌가 했어요."

마르그레트가 소리치고 웃으면서 제일 먼저 손을 내밀었다. 바베트가 손가락질하며 그를 을러댔지만, 곧 자리를 내주면서 앉으라고 권했다. 여자들은 하던 이야기를 다시 계속했다. 자리에 앉아 있던 카를은 금방 다시 일어나 몇 걸음 서성이다가 티네 옆에 멈춰 섰다.

"어, 아가씨도 왔네요?"

그가 나직하게 물었다.

"물론이죠. 왜, 오면 안 되나요? 난 언제고 그쪽이 한 번쯤 올 거라 생각했어요. 하지만 항상 공부에만 매달려 있는 것 같더군요."

"공부가 그렇게 나쁜 것은 아니지요. 하지만 억지로라도 해야 해요. 아가씨가 이 모임에 온다는 걸 알았다면 나도 빠지지 않고 왔을 텐데요."

"아, 마음에도 없는 그런 말 하지 마세요."

"아니, 정말이에요. 진짜라니까요. 그때 결혼식에서 참 좋았어요."

"그래요, 정말 재미있었어요."

"아가씨가 거기 있었기 때문이에요. 그게 바로 큰 이유예요."

"그런 말 하지 말아요. 정말 농담도 잘 하시네."

"아니에요, 아니라고요. 나한테 너무 심술궂게 구는군요."

"뭐가 심술궂다는 말인가요?"

"아가씨를 끝내 못 보게 될까 봐 얼마나 걱정했는지 몰라요."

"그래요, 못 보게 되면 어떻게 할 생각이었어요?"

"그렇게 되면, 그다음은 내가 무슨 짓을 했을지 나도 모르겠어요. 아마 물속이라도 뛰어들었을 거예요."

"아, 어쩌나, 그럼 피부가 망가졌을 텐데. 온통 물에 젖어서 말이에요."

"그래요, 물론 아가씨에겐 그게 웃음거리밖에 안 됐겠지요."

"그럴 리가요. 하지만 그쪽 얘기가 내 머릿속을 온통 혼란스럽게 만드는군요. 조심하세요. 그렇지 않으면 내가 그쪽 말을 진담으로 받아들일지도 몰라요."

"진담으로 받아들여도 돼요. 허튼소리가 아니니까요."

그 순간 그레트가 신랄한 어조로 열을 올리며 말문을 열었기 때문에 그는 더 이상 말을 잇지 못했다. 그녀는 날카롭고 비탄에 찬 음성으로 어떤 고약한 주인에 관한 끔찍한 이야기를 꺼냈다. 이 작자는 하녀에게 먹을 것도 제대로 주지 않고 혹사시키다가 그녀가 병이 들자 남몰래 해고했다는 것이다. 그녀의 이야기가 끝나기 무섭게 처녀들이 소리 높여 힘차게 합창했는데, 노랫소리가 너무 크다는 생각이 들었는지 바베트가 합창을 제지했다. 티네 곁에 있던 처녀가 토론에 열중하느라고 티네의 허리를 잡고 있는 통에 카를 바우어는 그녀와 나누던 이야기를 계속할 수 없겠다는 생각이 들었다.

그녀에게 다시 말을 걸 기회가 오지 않았기 때문에 그는 그 뒤 거의 두 시간 가까이 끈기 있게 기다렸다. 이미 땅거미가 지고 날씨도 쌀쌀해졌기 때문에 마르그레트가 모두들 집에 돌아가자고 했다. 카를은 짧게 작별 인사를 하고 서둘러 그곳을 떠났다.

십오 분가량 지났을 무렵 티네는 자기 집 근처에서 동행했던 마지막 친구와 헤어진 뒤 얼마 안 되는 거리를 혼자 걷고 있었다. 그때 단풍나무 뒤에서 갑자기 라틴어 학교 학생이 튀어나와 길을 막아선 채 그녀에게 수줍고 공손하게 인사를 했다. 그녀는 조금 놀라고 화난 표정으로 그를 쳐다봤다.

"이게 도대체 무슨 짓이에요?"

그러나 소년이 겁에 질려 창백한 얼굴을 하고 있는 것을 보고는 표정을 한결 누그러뜨리며 부드러운 음성으로 말했다.

"말해 봐요, 무슨 일이에요?"

그는 심하게 말을 더듬거리면서 뭐라고 몇 마디 어물거렸다. 하지만 그녀는 그가 무슨 말을 하는지 알아들었으며, 그 말이 진심이라는 걸 간파했다. 소년이 이제 꼼짝없이 자기 수중에 들어왔다는 것을 눈치챈 순간 그녀는 그가 좀 안돼 보이기도 했지만, 다른 한편으로는 자신이 상대를 제압했다는 생각에 약간은 자랑스럽고 즐거운 마음도 들었다.

"바보 같은 짓 하지 말아요."

그녀가 다정하게 그를 타일렀다. 눈물을 참느라고 애쓰는 그의 음성을 들은 그녀가 몇 마디 덧붙였다.

"우리 다음에 만나 함께 얘기해요. 지금 난 집에 가야 해요. 마음 가라앉히고, 알았죠? 그럼 또 봐요!"

그녀는 고개를 끄덕이고 종종걸음으로 사라졌다. 그는 천천히 느린 걸음으로 발길을 옮겼다.

어둠이 짙어지더니 어느새 칠흑같이 깜깜한 밤이 왔다. 그는 한길과 광장을 거쳐 집들과 성벽, 정원 그리고 조용히 흐르는 샘물을 지나 교외의 들판으로 나갔다가 다시 시내로 돌아왔다. 이어서 시청 건물의 아치를 지나 윗동네에 있는 시장 광장으로 갔다. 이제 세상이 온통 알지 못할 동화의 나라로 변해 있었다. 그는 한 소녀를 사랑하게 된 것이다. 그가 그녀에게 자기 속내를 털어놨을 때 그녀는 다정하게 그를 향해 '또 봐요'라고 말하지 않았던가!

그는 오랫동안 정처 없이 이리저리 거닐었다. 날씨가 쌀쌀했기 때문에 양손은 바지 주머니에 넣었다. 그는 골목을 돌아설 무렵 주위를 둘러보고야 자기 동네에 와 있음을 알아차렸다. 그는 정신이 번쩍 들어 꿈에서 깨어났다. 늦은 저녁이었는데도 그는 큰 소리로 줄기차게 휘파람을 불었다. 휘파람 소리는 밤거리를 메아리치며 울리다가 쿠스터러 미망인의 서늘한 현관에서 비로소 멈췄다.

티네는 일이 어떻게 될지 여러 차례 생각을 해 보았다. 어찌 됐건 간에 기대감에 잔뜩 부풀어 달콤한 흥분 상태에 빠진 소년보다는 그녀가 더 많은 생각을 했다. 그녀는 이 일을 두고 오래 생각하면 할수록 그 예쁘장한 소년이 나무랄 데 없어 보였다. 그리고 한편 그렇게 멋지고 교양 있고 순진한 소년이 자기를 사랑한다는 생각에 그녀는 새삼 가슴이 벅차 왔다. 그런데도 그녀는 한순간이라도 그 소년과 사귈 생각은 해 본 적이 없다. 그렇게 될 경우 그녀는 온갖 시련을 겪게 되고, 상처만 입을 뿐 아무런 결실도 맺지 못하게 될 것이 뻔했기 때문이다.

한편으로는 매몰찬 대답을 하거나 아예 대답하지 않을 경우 그 불쌍한 소년이 얼마나 마음 아파할까 하는 생각도 들었다. 최선책은 그녀가 반은 어머니 같은 심정으로 다정하게, 소년의 연정을 농으로 받아들이며 잘 타이르는 것이었으리라. 그녀 나이쯤 되면 소녀라도 이미 소년보다는 철이 더 들고 자신의 처지를 더 잘 알게 된다. 더욱이 자기가 직접 호구지책을 마련해야 하는 하녀의 경우에는 라틴어 학교 학생이나 심지어 새내기 대학생보다도 훨씬 더 철이 들게 마련이다. 하물며 학생 쪽이 사랑에 빠져 판단력이 흐려졌을 경우는 두말할 나위도 없을 것이다.

 번민에 빠진 그녀는 이틀 동안 아무런 결단을 내리지 못한 채 망설이고 있었다. 단호하게 딱 잘라서 거절하는 것이 옳다고 생각하는 순간 마음이 흔들렸다. 소년을 사랑하는 것은 아니지만 그에 대해 동정 어린 호감은 지니고 있었기 때문이다.

 그런 입장의 사람 대부분이 그러하듯이, 어떤 쪽으로 결정을 내리는 것이 현명한 일인지 심사숙고하다가 지친 나머지 결론을 내리지 못하고 끝내 원점으로 돌아가고 만다. 자신의 결정을 실행에 옮길 순간이 왔지만 그녀는 생각하고 결심했던 말을 한마디도 꺼내지 못하고, 카를 바우어와 마찬가지로 모든 걸 순간에 내맡겼다.

 그녀가 카를을 만난 건 삼 일째 되던 날 밤이었다. 늦은 시각에 집 근처에 심부름을 가던 길이었다. 그는 머뭇거리며 예의 바르게 그녀에게 인사를 건넸다. 두 젊은이는 마주 섰지만 서로 무슨 말을 해야 할지 몰랐다. 티네는 사람들이 볼까 봐 겁이 나서 얼른 성문 입구로 뛰어갔다. 성문은 열려 있었다. 카를도 그녀를 따라 성문 쪽으로 달려갔다. 옆쪽 마구간에서 말이 발굽으로 땅을 파헤치는 소리가 들렸고, 어디선가 멀지 않은 마당 아니면 정원에서 어떤 풋내기가 기초 플루트 곡을 불고 있었다.

 "저 사람 플루트 부는 소리 좀 들어 봐요!"

 티네가 나직하게 말하며 어색하게 웃었다.

"티네!"

"네, 왜 그래요?"

"아, 티네……."

겁먹은 소년은 금발 소녀의 입에서 무슨 말이 나올지 두려웠지만, 그녀가 그렇게 심하게 화를 내고 있지는 않다는 생각이 들었다.

"너 정말 예뻐."

소년은 아주 작은 소리로 말하고는 이내 깜짝 놀랐다. 그녀에게 양해도 구하지 않고 말을 놓았기 때문이다.

그녀는 잠시 대답을 망설였다. 그러자 머릿속이 뒤죽박죽 하얗게 돼 버린 소년이 덥석 그녀의 손을 잡았다. 그가 어찌나 수줍어하던지, 꽉 잡았던 손마저 힘이 풀리며 어찌나 애원하는 눈빛으로 바라보던지, 그녀는 그를 나무랄 수가 없었다. 나무라기는커녕 그녀는 미소를 지으며 가련한 구애자의 머리를 다른 한쪽 손으로 다정히 쓰다듬었다.

"왜 화내지 않지?"

그가 매우 놀란 표정으로 물었다.

"아니야 얘, 꼬마야."

그녀가 다정하게 웃으며 말했다.

"하지만 나 빨리 가 봐야 해. 집에서 기다려. 소시지 가지러 왔단 말이야."

"나도 같이 가면 안 될까?"

"무슨 소리야, 안 돼! 먼저 집으로 가. 우리가 같이 있는 거 누가 보면 어쩌려고 그래."

"그럼 안녕, 티네."

"그래, 이제 빨리 가! 안녕."

그는 몇 가지 더 물어보고 부탁할 것도 있었으나, 이제 그 생각은 접고 흐뭇한 기분으로 그녀와 헤어졌다. 그는 포장도로가 부드러운 잔디밭이기라도 되는 것처럼 가볍고 편안하게 발길을 옮겼다. 햇볕이 강하게 내리쬐는 지역에서 갑자기 어두운 곳으로 나온 사람처럼 눈앞이 캄캄한 게 아무것도 보이지 않았다. 그녀와 몇 마디 나누지는 못했지만 그녀에게 말을 놓았고 그녀도 그에게 말을 놓았으며, 손을 잡자 그녀가 그의 머리를 쓰다듬었다. 그것으로 그는 대만족이었다. 많은 세월이 흐른 후에도 이날 밤만 생각하면 행복감과 감사한 마음이 눈부신 햇살처럼 그의 영혼을 가득 채웠다.

티네 또한 그날 밤을 떠올렸을 때 어떻게 일이 그 지경에 이르렀는지 이해할 수가 없었다. 그러나 그녀는 카를이 그날 밤 행복해했으며, 그녀에게 감사하고 있다는 것을 확실하게 느낄 수 있었다. 또한 그녀는 그의 어린아이 같은 천진함도 잊지 않았다. 한마디로 그녀는 그날 일이 훗날 그렇게 큰 화를 불러오리라고는 생각지 못했다. 어쨌든 영리한 소녀는 이제부터 상사병에 걸린 소년에 대한 책임감을 느끼고, 풀리기 시작한 끈을 어떻게 하면 무리 없이 안전하게 다시 원래대로 감아 놓을 수 있을까 고심했다. 인간의 첫 사랑이란, 그것이 아무리 성스럽고 값진 것이라 해도, 단지 일시적인 것이요, 이루어질 수 없다는 것을 그녀는 자신의 고통스러운 경험을 통해 익히 알고 있었다. 그런 경험을 한 것이 그리 오래되지 않았던 터에, 그녀는 이 꼬마가 공연히 상처 입는 일 없이 이 국면을 돌파해 나가기를 기원했다.

다음 만남은 바베트의 모임에서 겨우 이루어졌다. 티네는 라틴어 학교 학생에게 친절하게 인사를 건네고, 자기 자리에 앉은 채 고개를 끄덕이며 다정한 표정으로 한두 번 미소도 보냈다. 그녀는 여러 차례 소년을 얘기에 끌어들이기는 했지만, 그 밖에는 예전과 다름없이 담담하게 그를 대했다. 하지만 그는 그녀가 미소를 지을 때마다 그것이 그녀의 소중한 선물이라고 생각했고, 그녀가 쳐다볼 때마다 그녀의 눈빛은 불꽃이 되어 그의 심장을 활활 불태웠다.

며칠 뒤 티네는 마침내 소년에게 분명하게 자기 의사를 전달하기로 결심했다. 방과 후 오후 나절이었는데, 카를이 또다시 그녀의 집 근처에 숨어서 그녀를 애타게 기다리고 있었다. 그녀는 소년의 그런 행동이 마음에 들지 않았다. 그녀는 작은 정원을 지나 집 뒤에 있는 목재 창고로 그를 데리고 갔다. 창고 안에는 톱밥 냄새와 마른 너도밤나무 냄새가 물씬 풍겼다. 그곳에서 그녀는 그를 앞에다 세우고 말했다. 무엇보다도 자기를 미행하고 숨어서 기다리는 짓을 삼가고, 그 나이 또래의 소년답게 행동하라고 따끔하게 타일렀다.

"넌 바베트 아줌마의 모임에서 매번 나를 만날 수 있어. 네가 원한다면 그때는 얼마든지 나와 동행해도 돼. 하지만 단 거기까지야. 다른 사람들과 함께 갈 때는 괜찮지만 그 이상은 안 돼. 단둘이는 안 된다는 얘기야. 다른 사람들 앞에서 조심하지 않고 함부로 행동하면 끝장나고 말아. 사방에 눈들이 있어. 어디서 연기만 나도 사람들은 불이야 하고 소리 지른단 말이야."

"그래, 하지만 난 네 애인인데……."

카를이 울먹이며 무언가를 상기시키려 하자 그녀가 웃었다.

"내 애인이라고! 그건 또 무슨 소리야! 바베트 아줌마나 고향에 계신 네 아버지에게 그 얘기 한번 해 봐. 아니면 너희 선생님께 말이야. 나도 너와 함께 있으면 얼마나 좋은지 몰라. 너와 좋은 관계를 유지하고 싶어. 하지만 내 애인이 되기 전에 넌 우선 너 스스로 설 수 있어야 하고, 의식주 문제도

스스로 해결할 수 있어야 해. 그렇게 되려면 아직도 한참 멀었어. 지금 너는 사랑에 빠진 학생일 뿐이야. 내가 너에게 호감이 없다면 이런 얘기 너한테 하지도 않았을 거야. 낙담하지 말고 기운 내. 그렇게 고개 떨어뜨린다고 달라지는 거 없어."

"그럼 나더러 어떻게 하란 말이야? 내가 싫은 거야?"

"오, 꼬마야! 그런 말이 아니야. 이성을 찾으란 말이지. 네 나이에 가질 수 없는 걸 원해서는 안 돼. 지금은 우리 그냥 좋은 친구로 지내자. 기다리다 보면, 그러니까 시간이 지나면 우리의 운명이 결정될 날도 오겠지."

"그럴까? 하지만 너한테 하고 싶은 말이 있는데……."

"무슨 말인데?"

"응, 그러니까, 그거 있잖아……."

"말해 보라니까!"

"저…… 나한테 키스 한 번 해 줄 수 있어?"

자신 없는 질문을 하는 소년이 얼굴을 붉히고 있었다. 그녀는 소년 특유의 예쁘장한 입술을 바라보다가 한순간 그의 소원을 들어줄까 하는 생각도 들었지만, 곧 그런 자신을 질책하고 금발 머리를 세차게 내저었다.

"키스라고? 도대체 그게 무슨 소리야?"

"그냥 한번 말해 봤어. 화내지 마."

"화가 난 건 아니지만, 너 너무 당돌하구나. 그 얘기는 나중에 다시 하자. 나를 안 지 얼마나 됐다고 키스하자는 거니! 그런 건 장난삼아 하는 게 아니야. 내 말 새겨듣고, 일요일에 우리 다시 봐. 그날 또 바이올린 가져올 수 있겠지, 응?"

"그럼 물론이지."

그녀는 그를 보냈다. 소년은 약간 우울한 표정으로 생각에 잠긴 채 발길을 돌렸다. 그녀는 소년이 착실한 아이임을 다시 한번 확인하고, 소년에게 고통을 주어서는 안 되겠다고 생각했다.

티네의 경고가 카를에게 쓴 약이기는 했지만, 그는 그녀의 말에 수긍이 갔고, 그렇게 기분 나쁘게 생각되지도 않았다. 그는 사랑을 다소 달리 생각했고, 그래서 처음에는 꽤나 실망도 했지만, 곧 고금의 진리를 깨달았다. 받는 것보다 주는 것이 더 행복하고, 사랑을 받는 것보다 사랑을 주는 것이 더 아름답고 복되다는 진리를 터득한 것이다. 자신의 사랑을 숨기거나 부끄러워하지 않고 사랑을 인정하게 됨으로써 그는 기쁨과 자유를 얻게 되었으며, 지금까지의 보잘것없는 삶의 좁은 굴레에서 벗어나 보다 폭넓은 마음과 이상이 함께하는 고양된 세계로 들어서게 된 것이다.

하녀들의 모임이 있는 날이면 그는 매번 바이올린으로 몇 곡씩 연주했다.

"이건 오로지 너를 위한 연주야."

그는 연주가 끝나면 말했다.

"그것 말고는 달리 너한테 줄 게 없어. 너를 위해서 내가 해 줄 수 있는 게 없단 말이야."

봄이 가까이 오는가 했더니 어느새 봄이 성큼 눈앞에 다가왔다. 연둣빛 초원에는 노란 별꽃이 만발했고, 먼 산 숲은 감청색으로 흠뻑 물들었으며, 나뭇가지에는 파릇파릇 새잎이 돋았다. 철새들이 다시 돌아왔다. 주부들은 초록색 화분 받침대에 올려놓은 히아신스와 제라늄 화분을 창가에 내어 놓고, 남자들은 한낮이면 셔츠 차림으로 대문 앞에서 먹은 음식을 소화시키거나, 밖에서 공놀이를 할 수 있게 되었다. 젊은이들은 마음이 초조해지거나, 공연히 들뜨기도 하고, 사랑을 나누기도 했다.

 녹음이 한창 우거진 강변 계곡 위로 대기가 푸른빛을 띠고 미소 짓는 어느 일요일이었다. 티네는 한 친구와 산책에 나섰다. 그들은 한 시간가량 멀리 떨어진 숲속의 옛 성터 에마누엘스부르크로 가 볼 작정이었다. 그러나 그들이 동구 밖에 다다를 무렵, 떠들썩한 어떤 음식점 마당에서 음악 소리가 들려오고, 둥그런 잔디밭에서는 음악에 맞춰 사람들이 한창 춤을 추고 있었다. 티네와 친구는 유혹을 느꼈지만 음식점을 그냥 지나쳤다. 그러나 발걸음이 느려지고 마음이 자꾸 그쪽으로 쏠렸다. 모퉁이를 돌 무렵 이미 멀어진 거리에서 달콤하고 은은하게 들려오는 음악 소리를 다시 들은 그들이 걸음을 더욱 늦추는가 하더니 드디어 걸음을 멈추고, 길 가장자리에 있는 목초지 울타리에 기대서서 음식점 쪽으로 귀를 기울였다. 잠시 후 다시 힘을 내 걸음을 옮기려 했으나 유쾌하고 감미로운 음악이 그들의 의지를 꺾고 끝내 발길을 되돌리게 했다.

 "그렇게 오래된 에마누엘스부르크가 우리한테서 도망가는 일은 없을 거야."

 티네의 친구가 말했다. 그들은 서로 위로하고, 얼굴이 발개져서 고개를 숙인 채 음식점 마당으로 들어섰다. 나뭇가지와 갈색 물이 오른 마로니에 나무의 새싹들 사이로 더욱 푸르게 웃고 있는 하늘이 보였다. 화창한 오후였다. 저녁이 되어 시내로 돌아오는 티네는 혼자가 아니었다. 건장하고 잘생긴 한 남자가 정중하게 그녀와 동행하고 있었다.

어여쁜 티네가 제 사람을 만난 것이다. 그는 목수 수습공으로 머지않아 대목이 될 사람이었으며, 결혼도 곧 할 수 있는 처지였다. 그는 사랑을 고백할 때는 넌지시 머뭇거리며 고백했지만, 자기의 입장과 미래의 전망에 관해 말할 때는 분명하고 거침이 없었다. 알고 보니 그는 티네가 모르는 사이에 이미 몇 차례 그녀를 지켜보면서 호감을 느꼈고, 일시적으로 그녀와 사랑놀이를 하려는 것도 아니었다. 그녀는 일주일에 걸쳐 매일 그를 만났다. 만날 때마다 그에 대한 그녀의 사랑도 깊어졌다. 두 사람은 이제 모든 걸 터놓는 사이가 되었으며, 서로 약혼에 합의했다. 그들은 친지 앞에서도 약혼한 사이로 통했다.

꿈결 같은 첫 흥분이 가라앉으면서 티네는 이제 조용하고 차분한 기쁨에 잠겼다. 이런 즐거움에 젖어 있는 동안 그녀는 모든 걸 잊고 지냈다. 그녀를 애타게 기다리는 저 가련한 학생 카를 바우어도 완전히 잊고 지낸 것이다.

그녀는 문득 그간 자기가 소홀히 했던 소년 생각이 떠올랐다. 그녀는 미안한 마음이 들어 처음에는 그에게 얼마간은 새 소식을 전하지 않을 생각이었다. 그러나 한편으로 그렇게 하는 것이 합당하지 않다는 생각이 들었다. 곰곰이 생각할수록 일이 점점 더 풀기 어려워지는 것 같았다. 아무것도 모르고 있는 소년에게 사실대로 다 털어놓기가 미안했지만, 그래도 그렇게 하는 것이 최선책이라는 결론에 도달했다. 이제 비로소 그녀는 소년을 장난삼아 호의로 대한 것이 얼마나 위험한 짓이었는지를 깨달았다. 어쨌든 그녀는 소년이 다른 사람을 통해 자신의 새로운 남자관계를 전해 듣기 전에 무언가 조치를 취해야겠다는 생각이 들었다. 그녀는 자기에 대한 나쁜 인상을 소년에게 심어 주고 싶지 않았다. 그녀는 자기가 소년에게 사랑의 맛을 알게 해 주었으며, 사랑의 싹을 심어 주었을 뿐 아니라, 배반당한 것을 알게 된 소년이 얼마나 상심할 것이며, 실연에 얼마나 깊은 상처를 입을지 어렴풋이나마 느낌이 왔다. 그녀는 소년과의 관계가 이토록 골치 아픈 결과를 가져오리라고는 미처 생각지 못했다.

고민 끝에 그녀는 바베트를 찾아갔다. 물론 바베트가 사랑 문제에 관한 전문가는 아니었지만, 라틴어 학교 학생을 아껴 주고 그를 잘 보살펴 주고 있기 때문이었다. 티네는 그녀로부터 야단을 맞는 한이 있더라도 사랑에 빠진 소년을 그냥 그렇게 혼자 내버려 둘 순 없었다.

야단을 피해 갈 수는 없었다. 소녀의 이야기를 묵묵히 귀 기울여 듣고 난 바베트가 화를 내며 발로 땅을 찼다. 그녀는 엄청나게 격분해서 티네에게 호통을 쳤다.

"그걸 말이라고 하는 거야?"

그녀가 격렬하게 소리쳤다.

"한마디로 넌 그 애 바우어의 코를 꿰고 이리저리 흔들어 대면서 파렴치하게 그 애를 농락한 거야. 그거밖에 더 되니?"

"너무 야단치지 말아요, 바베트 아줌마. 제가 단순히 심심풀이로 그랬다면 아줌마한테 달려와서 이렇게 털어놓지도 않았을 거예요. 저한테도 그게 그렇게 가벼운 일이 아니었다고요."

"그랬다고? 그럼 이제 어떻게 할 생각인데? 뒤치다꺼리를 누구더러 하라는 거야, 응? 혹시 나더러? 아무튼 그 애가 걱정이다. 그 불쌍한 애가."

"그래요, 그 애 생각하면 저도 마음이 무척 아파요. 하지만 제 말 들어 보세요. 제가 이제라도 그 애를 만나서 모든 걸 털어놓겠어요. 발뺌할 생각은 전혀 없어요. 제가 원하는 건, 아줌마가 이 일을 알고 계시면 나중에라도 그 애가 괴로워할 때 아줌마가 위로를 좀 해 줄 수 있을 것 같아서 그래요. 그렇게 해 주실 수 있겠죠?"

"달리 뾰족한 수가 있겠니? 어리석은 것 같으니라고. 이번 일로 너도 배운 게 좀 있을 거다. 쓸데없는 짓, 하나님을 우롱한 짓에서 배운 게 많이 있을 거란 말이다. 그게 다 앞으로 네가 살아가는 데 도움이 될 거다."

이렇게 이야기를 나눈 끝에 바베트가 그날 당장 두 사람의 만남을 주선하기로 했다. 만남의 장소는 뒤뜰이었으며, 카를에게는 그들이 사전에 만났다는 말을 안 하기로 했다. 그날 저녁이 왔다. 조그만 뒤뜰 위에는 조각하늘이 엷은 금빛으로 물들어 있었다. 그러나 뒤뜰로 나가는 입구 구석은 어두컴컴해서 두 젊은이가 그곳에 있는 것이 눈에 띄지 않았다.

"저, 너한테 말할 게 있어, 카를."

소녀가 입을 뗐다.

"오늘부터 우리는 만나면 안 돼. 이제 우리 관계를 끝내야 한다고."

"아니, 왜 그러는 건데…… 왜 그래야 해?"

"나 약혼자가 생겼어."

"약혼자가……."

"진정하고 내 말부터 들어 봐. 그래, 넌 나를 좋아했어. 그런 너를 매정하게 뿌리친다는 것이 내겐 힘든 일이었어. 내가 너한테 진작 말한 적 있지. 나를 좋아한다고 내 애인이 될 수 있는 건 아니라고 말이야. 안 그래?"

카를은 대답이 없었다.

"안 그러냐고?"

"그래, 맞아."

"이제 우린 끝을 내야 해. 너도 너무 힘들어하지 마. 여자들은 길거리에 얼마든지 널려 있어. 여자가 나 하나밖에 없는 게 아니잖아. 그리고 난 너한테 어울리는 사람도 아니고. 넌 공부해서 훗날 훌륭한 인물, 어쩌면 의사가 될 사람이야."

"아니야, 티네. 그런 말 하지 마!"

"달리 어쩔 수 없어. 내가 너한테 또 한 가지 해 주고 싶은 말은, 첫사랑은 결코 이루어질 수 없다는 거야. 너같이 어린 나이에는 자신이 무얼 원하는지 아직 잘 몰라. 첫사랑이 성공하는 법은 없다니까. 훗날 어른이 되면 모든 게 달리 생각될 거야. 그땐 이게 잘못이란 걸 깨닫게 될 거야."

카를은 무슨 말을 하려고 했지만, 티네의 말에 이의를 제기할 게 많이 있었지만, 가슴이 너무 아파 아무 말도 할 수가 없었다.

"너 무슨 할 말이 있는 거야?"

티네가 물었다.

"오, 너, 넌 정말 몰라······."

"뭘 모른다는 거야, 카를?"

"아, 아무것도 아니야. 오, 티네. 내가 무슨 말을 해야 할지 모르겠어."

"아무 말도 하지 말고 그냥 마음을 차분히 가라앉혀. 그렇게 오래 걸리지는 않을 거야. 그때 가서 넌 일이 이렇게 마무리된 게 잘됐다는 생각이 들 거야."

"넌 그렇게 말하지만, 그래, 넌 그렇게 말하지만······."

"난 지금 순리를 말하고 있을 뿐이야. 지금은 네가 내 말을 믿지 않으려고 하지만, 훗날 넌 내가 진정 옳았다는 걸 깨닫게 될 거야. 미안해, 정말 미안해."

"미안하다고? ……티네, 나 아무 말도 하고 싶지 않아. 네 말이 백번 옳다고 치자……. 하지만 모든 걸 이렇게 갑자기 끝내는 법이 어디 있어, 모든 걸?"

그는 더 이상 말을 잇지 못했다. 티네는 들먹거리는 그의 어깨에 손을 얹었다. 그가 울음을 그칠 때까지 그녀는 그러고 있었다.

"내 말 들어."

그녀가 단호하게 말했다.

"너 정신 차리고 현명해지겠다고 나한테 약속해."

"현명해지기 싫어! 죽고 싶어, 차라리 죽고 싶단 말이야! 그러니 보다는……."

"얘, 카를. 너 그런 말 함부로 하면 안 돼! 그래, 너 언젠가 나더러 키스 한 번 해 달라고 했었지, 기억나?"

"그래, 기억나."

"그러니까, 이제, 너 정신 차리면…… 그래, 난 나중에라도 네가 나를 나쁘게 생각하지 않길 바라. 우리가 서로 유감없이 헤어졌으면 좋겠어. 네가 정신만 차리겠다면, 그러면 오늘 내가 너에게 키스해 줄게. 그렇게 할래?"

소년은 고개만 끄덕이면서 겸연쩍은 시선으로 그녀를 바라봤다. 그녀는 소년에게 바짝 다가가서 키스했다. 두 사람은 조용하고 밋밋한, 그러니까 순수한 뽀뽀를 주고받았다. 그러고 나서 그녀는 손을 내밀어 그의 손을 살짝 잡아 주고는 빠른 걸음으로 입구를 빠져나가 복도를 통해 사라졌다.

카를 바우어는 복도를 울리며 사라져 가는 그녀의 발소리를 들었다. 이어서 그는 집을 나간 그녀가 옥외 계단을 내려가 거리로 나서는 소리를 들었다. 그는 그 소리를 들었을 뿐, 생각은 다른 쪽을 향했다.

그는 골목에서 금발 머리 어린 하녀가 그에게 뺨을 때리던 겨울 저녁을 생각했다. 그는 뒤뜰로 나가는 입구 어두운 곳에서 한 소녀가 그의 머리를 쓰다듬어 준 이른 봄날 저녁을 생각했다. 그날은 세상이 마법에 걸린 듯 황홀했으며, 매일 보던 거리가 갑자기 천국같이 낯설고 찬란하게 보였다. 당시에 자신이 연주했던 바이올린 소리가 들려왔고, 저녁 무렵 교외에서 치러진 결혼식에서 마시고 먹던 맥주와 케이크가 생각났다. 맥주와 케이크, 생각해 보면 어울리지 않는 우스꽝스러운 조합이었다. 그러나 그는 더 이상 기억을 더듬어 갈 수가 없었다. 그도 그럴 것이 그는 애인을 잃었고, 배반당하고, 버림받았기 때문이다. 물론 그녀가 그에게 키스해 주기는 했다······. 키스를······ 오, 티네!

그는 뒤뜰에 널려 있는 빈 궤짝 중 하나에 피곤한 몸을 얹었다. 그의 머리 위에는 네모난 작은 하늘이 붉게 물들다가 은빛을 띠더니 어느새 사라지고 한동안 죽음의 세계처럼 캄캄해졌다. 그 후 시간이 지나 휘영청 달이 밝아졌는데도 카를은 아직 궤짝 위에 그대로 앉아 있었다. 짧아진 달그림자가 그의 앞쪽 고르지 않은 포도 위에서 일그러진 검은 모습을 드러냈다.

어린 바우어는 울타리 너머로 몇 번 슬쩍 사랑의 나라를 엿보았을 뿐이지만, 이 곁눈질이 그가 여자로부터 사랑의 위안을 받지 못한 채 슬프고 덧없는 인생을 살게 했다. 그렇게 그는 공허하고 쓸쓸한 나날을 보내고 있었다. 일상생활에서 자신이 처리하고 수행해야 할 일과 의무를 남의 일인 양 소홀히 했다. 그의 그리스어 선생이 얼이 빠진 이 몽상가에게 여러 차례 주의를 주었지만 소용없었다. 성실한 바베트가 가져다준 맛있는 간식도 그에게는 효험이 없었고, 정성스레 들려주는 위로의 말도 그에게는 건성으로 들릴 뿐이었다.

 길을 벗어난 학생을 다시금 공부의 길로, 이성의 굴레로 끌어들이기 위해서는 교장 선생의 엄중한 경고가 필요했다. 그는 방과 후에도 학교에 남아 있어야 하는 벌을 받았다. 그 결과 그는 마지막 학년에 와서 유급된다는 것이 얼마나 어리석고 원통한 일인가를 깨닫게 되었다. 점점 길어지는 초여름 저녁을 맞아 머리가 터지도록 공부에 열중했다. 이렇게 그는 치료되기 시작했다.

 이따금 그는 티네가 살던 소금 골목을 찾아가 봤다. 하지만 이상하게도 그녀를 한 번도 만날 수 없었다. 그럴 만한 이유가 있었던 것이, 소녀는 카를과 마지막으로 이야기를 나눈 뒤, 혼수 준비를 하기 위해 고향으로 떠났기 때문이다. 그런 줄도 모르고 그는 그녀가 아직 그곳에 있으면서 일부러 그를 피하고 있다고 생각했다. 하지만 아무에게도 그녀에 관해 묻고 싶지 않았다. 심지어 바베트에게도 묻지 않았다. 그렇게 매번 헛걸음치고 집으로 돌아올 때면 그는 화가 나기도 하고 슬프기도 했다. 그럴 때마다 그는 난폭하게 바이올린을 켜 대거나, 아니면 작은 창문가로 다가가서 다닥다닥 늘어선 수많은 지붕을 물끄러미 내다봤다.

 어쨌거나 그는 점차 안정을 찾아갔다. 그가 그렇게 되기까지는 바베트도 한몫했다. 그의 기분이 언짢은 기색이라도 보이면 그녀는 밤에 종종 그의 방으로 올라와 노크했다. 그러고는 방에 들어와 앉아서 오랫동안 그를 위로해 주었다. 그녀는 그가 고민하는 이유를 모르는 척했고, 티네에 관해서는 한마디도 꺼내지 않는 대신에 짤막하고 우스꽝스러운 얘기들만 들려줬다. 때로 그녀는 갓 담은 와인이나 곰삭은 와인을 반병씩이나 들고 와서 소년에게 노래 한 곡조를 바이올린으로 켜 달라기도 하고, 이야기책을 읽어 달라고도 했다. 그렇게 저녁이 평온하게 지나서 늦은 밤이 오면 바베트는 다시 내려갔다. 그런 날이면 카를은 안정을 되찾고, 어수선한 꿈을 꾸지 않고도 잠을 잘 수 있었다. 노처녀 바베트는 그의 방을 떠날 때마다 그에게 아름다운 밤이었노라고 매번 고마워했다.

상사병에 걸렸던 소년은 점차 예전의 컨디션을 되찾고 다시 명랑해졌다. 하지만 그는 티네가 종종 편지로 바베트에게 그에 대한 소식을 묻고 있다는 것은 모르고 있었다. 그는 이제 조금 어른스러워지고 성숙해졌다. 그간에 게을리했던 학교 공부도 열심히 해서 뒤처진 성적도 만회했고, 일 년 전과 마찬가지로 매우 건강한 생활을 영위했다. 다만 도마뱀을 수집하는 일과 새를 기르는 일은 그만두었다. 졸업 시험을 앞둔 졸업반 학생들의 대화를 통해 그가 들은 멋진 대학 생활에 관한 얘기는 그를 유혹하기에 충분했다. 자기도 이 천국에 어지간히 가까이 다가섰다는 느낌이 들었다. 그는 여름 방학이 오기를 손꼽아 기다리기 시작했다. 그즈음 티네가 이미 오래전에 이 도시를 떠났다는 말도 바베트로부터 전해 들었다. 그에게는 마음의 상처가 아직 조금은 남아 있어서 건들면 아프기는 했지만, 거의 다 나아서 아물어 갔다.

그 후 아무 일이 일어나지 않았더라도 카를은 첫사랑의 추억을 아름답고 감사한 마음으로 고이 간직하며 영영 잊지 않았을 것이다. 그런데 그 추억을 마음에 더 깊이 새겨 둘 만한 조그만 사건이 하나 벌어졌다.

여름 방학을 일주일 앞둔 그는 방학을 맞이할 즐거움에 아직 여운을 남기던 사랑의 슬픔을 훌훌 털어 버리고 마음의 평안을 찾았다. 그는 벌써 짐을 꾸리고 묵은 노트들을 태웠다. 숲속 산책과 물놀이, 뱃놀이를 즐길 수 있고, 월귤과 햇사과를 맛볼 수 있고, 정한 데 없이 홀가분하게 이곳저곳을 유쾌하게 거닐 수 있는 날들이 다가온다는 생각에 그는 모처럼 기분이 날아갈 것 같았다. 그는 뜨겁게 달아오른 거리를 행복에 겨워 내달렸다. 티네에 관한 생각은 이미 며칠 전부터 까맣게 잊고 있었다.

그러던 어느 날 오후 체조 시간을 마치고 집으로 돌아오던 그는 소금 골목에서 뜻밖에 티네를 만났다. 깜짝 놀란 그는 가던 길을 멈추고 얼떨결에 그녀에게 손을 내밀며 목멘 음성으로 인사말을 건넸다. 황망한 가운데도 그는 그녀가 슬프고 당황스러워하는 표정을 읽을 수 있었다.

"어떻게 지내, 티네?"

그가 수줍어하며 물었다. 그는 그녀에게 예전처럼 계속해서 말을 놓아야 할지 아니면 존대해야 할지 얼른 판단이 서지 않았다.

"별로 잘 지내지 못해. 함께 좀 걸을래?"

그는 발길을 돌려 그녀와 함께 천천히 걸었다. 문득 예전에 그녀가 자기와 함께 걷는 걸 무척이나 꺼렸던 기억이 떠올랐다. 물론, 이 여자는 이제 결혼한 여자라는 생각이 들었고, 무슨 얘기이고 해야겠기에, 그녀의 신랑에 관한 안부를 물었다. 그러자 그녀는 애처롭게 어깨를 들먹이며, 신랑도 고통을 받고 있다고 말했다.

"아무 얘기도 전해 듣지 못했나 보네?"

그녀가 나직하게 말했다.

"그이 병원에 누워 있어. 어쩌면 죽게 될지도 모른대……. 왜냐고? 신축 건물 공사장에서 일하다 실족했는데, 어제부터는 의식도 잃었어."

말없이 두 사람은 계속 걸었다. 카를은 무언가 얘기를 해야 했지만 아무 생각이 나지 않았다. 지금 이렇게 그녀와 함께 나란히 길을 걸으면서 그녀를 가엾게 여겨야 하는 상황이 그에게는 마치 불안한 꿈을 꾸는 것 같았다.

"지금 어디로 가는 건데?"

침묵이 참기 어려웠던 그가 마침내 이렇게 물었다.

"다시 그이한테 가는 길이야. 나도 몸이 안 좋으니까 점심때는 나가서 좀 쉬라고 했어."

그는 병원까지 그녀를 바래다주었다. 병원은 조용하고 큰 건물이었으며, 울타리를 친 정원과 키 큰 나무들 사이에 있었다. 그는 가볍게 전율하면서 그녀와 함께 넓은 계단을 올라가 깨끗이 정돈된 복도로 들어섰다. 그곳에 가득 찬 소독약 냄새가 그의 가슴을 짓누르며 그를 소심하게 만들었다.

입원실 앞에 도착한 티네는 번호가 매겨진 한 병실 문을 열고 혼자 들어갔다. 그는 조용히 복도에서 기다렸다. 그런 병원 건물에 와 보기는 처음이었다. 밝은 회색 칠을 한 저 문 뒤에 숨겨진 숱한 공포와 고통을 떠올리자 그는 두려움에 온몸이 떨려 왔다. 티네가 다시 나올 때까지 꼼짝할 수가 없었다.

"상태가 좀 좋아졌대. 어쩌면 오늘 중으로 깨어날지도 모른대. 그럼 잘 가, 카를. 난 안에 들어가 봐야 해. 오늘 고마웠어."

그녀가 조용히 다시 안으로 들어가 문을 닫았다. 카를은 멍청한 시선으로 문에 달린 17이란 숫자를 수없이 되뇌었다. 이상하게도 흥분이 가라앉지 않은 채 그는 그 으스스한 건물을 빠져나왔다. 얼마 전까지만 해도 유쾌했던 기분이 싹 가시고 말았다. 그는 지금 예전의 짝사랑으로 마음이 아픈 것은 아니었다. 사랑의 고통을 겪은 그의 마음은 보다 원대한 자긍심과 폭넓은 체험으로 채워져 있었다. 그의 실연의 고통은 티네가 겪는 불행에 비하면, 옆에서만 보아도 끔찍한 그 불행에 비하면, 하찮고 우스꽝스러울 뿐이었다. 그는 문득 깨달았다. 자기가 결코 특별히 예외적으로 애꿎은 운명을 타고난 것이 아니라는 사실과 그가 행복하다고 생각했던 사람들도 운명의 굴레로부터 결코 벗어날 수 없다는 사실을.

그 밖에도 카를은 더 유익하고 더 중요한 것을 배우게 되었다. 다음 날부터 그는 자주 그 병원을 찾았다. 그에게도 이따금 환자의 면회가 허용되었을 무렵, 그는 다시 한번 아주 새로운 것을 경험하였다.

그는 냉혹한 운명에 처했다고 자포자기해서는 안 된다는 것과 가냘프고 겁 많고 힘없는 인간도 그러한 운명을 얼마든지 극복하고 이겨 낼 수 있다는 것을 배웠다. 불행을 당한 티네의 신랑이 중병 환자나 불구자가 되어 더없이 비참한 삶을 연명하게 될지도 모를 일이었다. 그러나 카를 바우어는 그 불쌍한 두 사람이 이러한 근심 걱정을 넘어서 풍요한 사랑을 누리는 걸 보았으며, 지치고 걱정에 시달리는 티네가 꿋꿋하게 살아가면서 빛과 기쁨을 자기 주위로 확산시키고 있음을 보았다. 고통에 시달리면서도 중환자의 파리한 얼굴이 감사의 밝은 빛을 띠고 있음을 보았다.

그는 이미 방학이 시작되었는데도 티네가 등을 떠밀 때까지도 며칠간 그곳에 더 머물렀다.

병실 앞 복도에서 그는 그녀와 작별 인사를 했다. 이번에는 예전에 쿠스터러 상점의 뜰에서와는 다른, 아름다운 작별 인사였다. 그는 간단하게 그녀와 악수만 나누고, 묵묵히 감사를 전했다. 그녀는 눈물을 글썽이며 고개를 끄덕였다. 그는 그녀의 행복을 빌었으며, 자기도 언젠가 성스러운 사랑을 하고, 더도 덜도 말고 이 가련한 남녀만큼만 사랑받을 수 있기를 기원했다.

회오리바람

1890년 중반경이었다. 그 당시 나는 고향의 작은 공장에서 수습공으로 일하다가 그해에 고향을 영원히 떠났다. 나는 열여덟 살로, 새가 공기 덕분에 비상하는 것처럼 청춘을 온몸으로 느끼고 매일 만끽하면서도 정작 나의 청춘이 얼마나 아름다운지는 몰랐다. 연도를 하나하나 자세히 기억하기 힘드실 것 같은 어르신들에게, 내가 지금 이야기하고자 하는 그해에 우리 고장에 전무후무한 회오리바람 혹은 폭풍이 불어닥쳤다는 사실을 상기해 드릴 필요를 느끼면서 이야기를 시작하겠다. 바로 그해의 일이었다. 회오리바람이 불기 이삼 일 전에 나는 끌에 왼손을 다쳤다. 다친 손이 파이고 퉁퉁 부어올라 붕대로 감았기 때문에 공장에 나갈 수 없었다.

지금도 기억한다. 그해 늦여름 내내 우리 고장 좁은 계곡엔 전례 없는 무더위가 기승을 부렸고, 온종일 뇌우가 몰아치는 날도 이따금 있었다. 바깥세상, 자연이 온통 불안한 열기로 가득 차 있었다. 이런 자연의 기운을 당시에는 어렴풋이, 무의식중에 느꼈는데, 지금은 아주 선명하게 낱낱이 기억한다. 낚시질하던 저녁이었다. 후텁지근한 공기 탓인지 이상하게도 물고기들이 흥분해서 미지근한 물 위로 이놈 저놈 수시로 마구 뛰어올라 낚싯줄에 곧잘 걸렸다. 그러더니 대기가 약간 시원해지면서 조용해졌고, 뇌우도 뜸하게 일었다. 다음 날 새벽녘에는 벌써 가을 냄새를 조금 풍기기도 했다. 어느 날 아침 나는 책 한 권과 빵 한 조각을 주머니에 넣고 집을 나와 발길 닿는 대로 걸음을 옮겼다. 소년 시절의 습관대로 우선 내가 달려간 곳은 집 뒤에 있는 정원이었는데, 아직 그늘이 깔려 있었다. 아버지가 심은 전나무들, 가지가 가느다란 묘목 때부터 보아온 전나무들이 자라서 크고 튼실해졌다. 이 나무들 아래로는 밝은 갈색의 침엽들이 즐비하게 깔려 있었는데, 거기에는 몇 년 전부터 소나무 말고는 어떤 식물도 자라지 않았다. 이 나무들 옆 길고 좁은 꽃밭에는 어머니가 가꾸는 꽃나무들이 풍성하고 화사하게 자라고 있었다. 어머니는 꽃밭에서 일요일마다 꽃을 꺾어 커다란 꽃다발을 만들었다. 화단에는 주황색 작은 꽃송이가 달린 화초가 자라고 있었는데, 이 화초의 이름은 '불타는 사랑'이었다. 가느다란 가지에 하트 모양의 붉고 하얀 꽃이 다닥다닥 열린 연약한 관목은 '여인의 심장'이란 이름을 지니고 있었다. 그 밖에 어떤 화초는 '악취 나는 교만'이란 이름도 지니고 있었다. 이 꽃 근처에 꽃대가 긴 과꽃이 있었는데, 아직 꽃이 피지는 않았다. 이 두 꽃 사이에는 부드러운 가시가 달린 기름진 돌과나무와 우스꽝스럽게 생긴 쇠비름이 있었다. 길고 좁은 꽃밭은 우리의 사랑을 독차지하는 꿈의 정원이었다. 이곳에는 각종 진기한 꽃들이 다양하게 피어서, 원형 꽃밭 두 곳에 핀 온갖 장미꽃보다도 더 신기하고 사랑스러웠다. 꽃밭에 햇빛이 비치고 담쟁이덩굴이 반짝거리면, 꽃들은 제각각 그 고유한 모습으로 아름다움을 과시했다. 윤기 나는 글라디올러스는 눈부신 색채로 자신을 뽐냈고, 회색 헬리오트로프는 마술에 걸린 듯 비통한 향기에 취해 있었으며, 뚝새풀은 체념이라도 한 듯 시들어 고개를 숙이고 있었다. 하지만 네 겹 매발톱은 발돋움하고 서서 여름 종을

울려 댔다. 미역취와 플록스에서는 벌들이 큰 소리로 웽웽거렸고, 담쟁이덩굴 위에서는 조그만 갈색 거미들이 분주하게 몸을 놀리고 있었다. 비단향꽃무 위 공중에서는 오동통한 몸집에 반짝거리는 날개를 단 나비들이 날렵한 날갯짓으로 변덕스럽게 날아다니고 있었다. 우리는 이 나비를 공상가 또는 비둘기꽁지라고 불렀다.

 기분 좋은 어느 휴일, 나는 이 꽃 저 꽃으로 옮겨 다니며 향기 좋은 산형화서의 냄새를 맡아 보기도 하고, 손가락으로 조심조심 꽃받침을 열어젖혀 안을 들여다보기도 하고, 희끄무레하고 신비스러운 바닥과 엽맥 그리고 암술의 내밀한 조직과 부드러운 솜털 섬유와 수정처럼 투명한 모세관을 관찰하기도 했다. 그러다가도 이따금 구름이 흐르는 하늘, 더 정확히 말해 줄무늬의 형상을 띤 연무와 양털송이처럼 뭉친 구름이 한데 뒤섞인 하늘을 찬찬히 살펴보곤 했다. 내 생각에 오늘 틀림없이 뇌우가 한 차례 올 것 같아 오후에 두세 시간은 낚시를 해야겠다고 마음먹었다. 지렁이를 찾을 생각으로 길섶의 응회암 몇 개를 들춰 보았지만, 잿빛의 메마른 벌레들만 혼비백산하여 잽싸게 사방으로 기어 달아났다.

 이제 무엇을 해야 할까 하고 생각해 보았지만 이렇다 할 묘안이 떠오르지 않았다. 마지막 방학을 맞이한 일 년 전만 해도 나는 아직 어린 소년이었다. 개암나무 활로 과녁 맞히기, 연날리기, 들판의 쥐구멍을 화약으로 폭파하기, 이 모든 게 내겐 이제 더 이상 매력이 없어지고, 빛을 발하지 않았다. 내 영혼의 한 부분이 지쳐서, 한때 사랑스럽고 기쁨을 주었던 소리에 아무런 반응을 하지 못하는 것 같았다.

 은근히 가슴을 조이며 나는 소년 시절 내게 기쁨을 주었던 낯익은 공간을 놀란 눈으로 이리저리 둘러보았다. 조그만 정원과 꽃으로 장식된 발코니 그리고 그늘지고 축축하고 이끼 낀 포석이 깔린 마당이 나를 바라보고 있었지만, 예전과는 다른 얼굴이었다. 심지어 끊임없이 매력을 발산하던 꽃들도 이젠 별로 내 관심을 끌지 못했다. 정원 한구석에 오래된 물통이 호스와 함께 아무렇게나 널브러져 있었다. 그 시절 나는 나무로 만든 물방아 바퀴를 몇 개 달아 놓고, 길에 둑과 운하를 만든 뒤 물을 틀어 놓아 한바탕 큰 물난리를 일으켰다. 아버지는 많이 속상해하셨다. 풍화로 낡아빠진 물통은 내 충실한 놀이 기구요, 소일거리였다. 그것을 보고 있으려니까 문득 즐거웠던 유년 시절이 메아리쳐 왔다. 하지만 뒷맛이 씁쓸했다. 물통이 이젠 샘도, 강도, 나이아가라도 아니기 때문이다.

한참 생각에 빠져 있다가 나는 울타리를 넘었다. 푸른 과꽃이 내 얼굴을 스쳤다. 나는 과꽃을 따서 입에 물었다. 산책을 겸해 산으로 올라가 시내를 내려다보기로 했다. 예전에는 한 번도 생각해 보지 못한 일인데, 지금 생각하니 산책도 꽤나 재미있는 일이었다. 소년은 산책하지 않는다. 소년의 생각에 숲으로 가는 것은 강도나 기사 혹은 인디언이나 하는 짓이고, 강으로 가는 것은 뗏목꾼이나 어부 혹은 물방아 만드는 사람이나 하는 짓이기 때문이다. 소년은 나비와 도마뱀을 잡기 위해 숲으로 간다. 산책은 할 일 없어 한가한 어른들의 점잖은 심심풀이요, 다소 권태로운 행위일 뿐이라고 소년은 생각했다.

내 푸른 과꽃은 금방 시들어서 버렸다. 대신 나는 회양목을 꺾어 잘근잘근 씹어 봤다. 맛은 쓰지만 향은 좋았다. 키 큰 금잔화가 핀 철둑에서 초록색 도마뱀 한 마리가 내 발치에서 도망치고 있었다. 갑자기 동심이 발동한 나는 가만있지 않고 쫓아가 엎드린 뒤 살금살금 기어서 잠복했다. 드디어 그놈이 따뜻한 햇살을 받아 가며 조심스럽게 내 손으로 들어왔다. 나는 놈의 조그맣고 보석 같은 눈을 들여다보며 사냥에 나서던 내 어린 시절을 떠올렸다. 놈은 부드럽고 힘찬 몸뚱이와 빳빳한 발을 허우적거리며 내 손가락에서 빠져나가려고 안간힘을 썼다. 하지만 얼마 안 가서 곧 재미가 시들해졌다. 손에 든 이놈을 어떻게 처리해야 좋을지 통 생각이 나지 않았다. 놈은 이제 내게 아무런 쓸모도 없었고, 더 이상 즐거움도 주지 못했다. 나는 허리를 숙이고 손을 벌렸다. 도마뱀은 잠시 어리둥절해서 옆구리를 심하게 볼록거리며 숨을 몰아쉬더니 잽싸게 풀숲으로 달아났다. 그때 반짝거리는 철로 위를 기차가 달려오더니 내 앞을 빠르게 지나갔다. 나는 멀어져 가는 기차를 바라보다가 문득 여기서는 진정한 즐거움을 꽃피울 수 없겠다는 생각이 확고해졌다. 저 기차를 타고 넓은 세상으로 나가고 싶다는 생각이 간절했다.

근처에 철로지기가 있는지 살펴보았으나 인기척이 없고 아무 소리도 들리지 않아 나는 재빨리 철길을 건너 붉은색을 띤 높은 사암 언덕으로 기어 올라갔다. 거기에는 선로 공사를 위해 파 놓은 폭파장 전용 구멍들이 여기저기 시커멓게 남아 있었다. 위로 통하는 비밀 통로를 알고 있던 나는 이미 꽃이 진 질긴 금잔화 가지를 붙잡고 올라갔다. 붉은색을 띤 바위가 건조한 여름 열기를 뿜어 댔다. 바위를 기어 올라가는 동안 소매 안으로 뜨거운 모래알이 들어왔다. 위를 올려다보니 놀랍게도 깎아지른 절벽 바로 위로 환한 하늘이 아늑하고 굳건하게 펼쳐져 있었다. 어느새 나는 위에 올라와 있었다. 나는 바위에 몸을 붙이고 무릎을 밀착시킨 채 가시투성이의 가느다란 아카시아나무 줄기를 붙잡고 미지의 가파른 목초지대로 올라갔다.

조그맣고 조용한 황무지 아래쪽으로는 급경사를 이룬 단축 철로를 기차가

지나다녔는데, 바로 이 황무지야말로 내가 예전에 즐겨 찾던 쉼터였다. 아무도 벨 수 없는 이곳의 억센 잡초 밭에는 작은 가시들이 달린 조그만 장미꽃이 널려 있었다. 그 밖에도 바람에 날려 온 씨앗에서 자란 어린 아카시아나무 몇 그루가 조촐하게 서 있었는데, 햇살이 아카시아나무의 엷고 투명한 잎을 투과하고 있었다. 붉은 바위 띠가 위쪽에서 아래쪽으로 갈라놓은 이 풀섬 위에서 나는 한때 로빈슨 크루소로 군림했다. 고요한 이 지역은 깎아지른 절벽을 기어 올라갈 용기와 모험 정신을 지닌 사람만이 차지할 수 있는 곳이었다. 이곳에서 열두 살짜리 나는 끌로 내 이름을 돌에다 새겼으며, 이곳에서 나는 로자 폰 탄넨부르크를 읽었고, 몰락해 가는 인디언 족의 용감한 추장을 소재로 한 어린이 드라마를 썼다.

햇볕에 타서 허옇게 퇴색된 풀들이 실타래 형상을 하고서 가파른 산비탈에 축 늘어져 있었고, 빨갛게 타들어 가는 금잔화 잎들은 바람 한 점 없는 더위 속에서 짙은 냄새를 풍기고 있었다. 나는 메마른 황무지에 누워, 정교하고 질서 정연한 아카시아 잎들이 푸르고 넉넉한 하늘 아래 쉬고 있는 것을 보며 생각에 잠겼다. 내 인생과 내 장래를 펼쳐 볼 절호의 순간이 도래한 것 같았다.

그러나 막상 새로운 미래는 조금도 보이지 않았다. 이상하게도 온통 초라한 날들만 밀려와 위협적으로 내 가슴을 옥죄었고, 올 거라고 믿었던 환희와 애타게 고대하던 미래는 창백하게 시들어 갔다. 내 직업은 마지못해 희생시켰던 내 소년 시절, 잃어버린 내 소년 시절의 행복을 보상해 주지 못했다. 나는 내 직업을 별로 좋아하지 않았으며, 그리 오랫동안 충실하지도 못했다. 내 직업은 넓은 세상으로 나가기 위한 통로에 지나지 않았다. 세상으로 나가면 틀림없이 거기 어딘가에 나를 새롭게 만족시켜 줄 그 무엇이 존재할 것만 같았다. 그런데 그 무엇이란 도대체 어떤 것인가?

　세상에 나가면 세상 사람들을 볼 수 있고, 돈을 벌 수 있다. 무엇을 하기 전에, 일을 벌이기 전에 미리 아버지나 어머니에게 물어볼 필요는 없다. 일요일이면 구주희 게임을 하고 맥주를 마셨다. 하지만 이 모든 것은 단지 부차적인 것일 뿐 결코 내가 기대하는 새로운 인생의 참뜻이 아니라는 것을 나는 잘 알고 있었다. 내 인생의 근본적인 의미는 다른 곳, 이를테면 더 깊고 더 아름답고 더 비밀스러운 데 있었다. 그것은 여자, 즉 사랑과 연결되어 있다고 느꼈다. 여자와 사랑 안에 틀림없이 진정한 기쁨과 만족이 깃들어 있을 거라 생각했다. 그것 말고는 내 소년 시절의 즐거움을 희생한 의미를 그 어디에서도 찾을 수 없을 것 같았다.

　사랑에 관해서 나는 잘 알고 있었다. 연인들을 많이 봤고, 신기하게 마음을 매료시키는 연애시도 많이 읽었다. 꿈속에서는 나도 이미 여러 번 사랑을 해봤고, 남자로서 자기 인생을 걸 만한 사랑의 감미로움을, 자기 행동과 노력의 의미인 사랑의 달콤함을 느껴 보기도 했다. 내가 학교에 다닐 때 급우들은 벌써 여자애들과 함께 어울렸고, 공장에 다닐 때는 일요일이면 무도장에 다니는 동료들이 있었다. 이들은 밤이면 애인의 창에 기어 올라간다는 얘기를 스스럼없이 지껄여 댔다. 하지만 나 자신에게 사랑이란, 문이 굳게 닫힌 정원이었다. 나는 이 문밖에서 소심하게 사랑을 그리워하며 기다릴 뿐이었다.

　그러던 중 지난주에 비로소, 그러니까 끝에 내 손을 다치기 직전에 마침내 나는 사랑의 부름을 확실하게 받았다. 그 후로 나는 지금처럼 초조한 가운데 과거와의 결별을 심사숙고하게 되었고, 지금까지의 내 삶을 과거로 돌림으로써 미래의 의미가 또렷하게 다가왔다. 어느 날 저녁 우리 공장의 이 년 차 수습공이 집에 가는 길에 내 곁으로 다가오더니, 아직 애인이 없는 어떤 예쁜 여자가 나한테 관심이 있다고 일러 줬다. 그녀는 다른 사람이 아닌 바로 나를 원하는데, 비단 주머니를 만들어서 나에게 주려고 한다고 했다. 그녀의 이름은 자기가 말해 주지 않겠으며, 내가 직접 맞혀 보라고 했다. 내가 묻고 재촉하다가 마침내 허튼소리 말라고 하자 그가 걸음을 멈췄다. 우리가 멈춘 곳은 바로 강 위쪽 물레방아가 있는 곳이었다. 그가 나직하게 말했다.

"걔가 지금 바로 우리 뒤에 걸어오고 있단 말이야."

나는 당황해서 뒤를 돌아보았다. 한편으로는 기대에 차서, 다른 한편으로는 놈이 쓸데없는 농담을 한 건 아닐까 걱정하면서. 그런데 우리 뒤쪽에 한 어린 처녀가 방직 공장에서 나와 다리의 계단을 올라오고 있었다. 그녀는 견진 성사 강독을 함께 받을 때 알게 된 베르타 푀틀린이었다. 그녀는 나를 쳐다보더니 미소를 지었다. 그녀의 얼굴이 점점 붉어지는가 싶더니 완전히 홍조를 띠었다. 나는 그만 뜀박질해서 집으로 달렸다.

그 뒤로 나는 그녀를 두 번 만났다. 한 번은 우리가 일하는 방직 공장에서였고, 또 한 번은 저녁에 집으로 가는 길에서였다. 그녀는 안녕하시냐는 인사와 더불어 '벌써 퇴근하시는군요?' 하고 말을 걸어 왔다. 이 말은 나와 얘기를 좀 하고 싶다는 의미였다. 하지만 나는 고개만 끄덕이며 그렇다고 말하고 당황해서 걸음을 재촉했다.

내 머리는 지금 그 생각으로 가득 차 어떻게 해야 좋을지 갈피를 잡을 수가 없었다. 예쁜 여자를 사랑할 수 있기를 갈망하며 꿈도 여러 차례 꾸었다. 그런데 이제 예쁘고 금발 머리에다 나보다 키도 좀 큰 여자가 나타나 내가 키스해 주기를 원하고 내 팔에 안기기를 원하고 있었다. 그녀는 크고 튼실하게 자랐다. 그녀는 하얀 피부에 홍조를 띤 예쁜 얼굴을 하고 있었다. 그녀의 목덜미에서는 곱슬머리가 그늘을 드리우며 하늘거렸다. 그녀의 눈빛은 기대와 사랑으로 가득 차 있었다. 하지만 나는 그녀를 한 번도 생각해 본 적이 없고, 그녀를 연모해 본 적도 없었다. 감미로운 꿈속에서 그녀를 따라가거나, 가슴 설레면서 베갯머리에다 그녀의 이름을 속삭여 본 적도 없다. 나는 마음만 먹으면 그녀를 애무할 수 있고, 내 여자로 만들 수도 있었다. 하지만 나는 그녀를 흠모하지 않았기에 그녀 앞에서 무릎을 꿇고 프러포즈를 할 수는 없었다. 어떻게 해야 좋을까?

 나는 마음이 심란해져 풀밭에서 일어났다. 아, 괴로운 시간이었다. 내일이라도 당장 내 공장 연수가 끝나서 이곳을 떠날 수 있다면, 먼 곳으로 가서 이 모든 것을 잊고 새로 시작할 수 있다면 얼마나 좋을까!

 내가 살아 있음을 확인하기 위해 무엇이라도 해야 했기에 나는 아무리 힘이 들더라도 산꼭대기까지 올라가 보기로 결심했다. 그곳에 가면 이 작은 도시 너머로 먼 곳을 내다볼 수 있었다. 거센 바람을 맞으며 나는 위쪽 바위가 있는 데까지 산비탈을 뛰어 올라갔다. 거기서 계속해서 바위와 바위 사이를 힘들게 비집고 위로 올라가 간신히 산등성이에 도착했다. 이곳에서 산을 바라보니 엉기성기 널려 있는 덤불과 부서진 바위 조각들로 황량하기 그지없었다. 땀에 흠뻑 젖어 숨을 헐떡이며 올라온 나는 해방감에 젖어 햇빛 찬란한 산 정상의 희박한 공기를 한껏 들이마셨다. 활짝 핀 장미꽃이 느슨하게 넝쿨에 걸려 있다가 내가 스치고 지나자 지치고 창백한 꽃잎들을 땅에 떨어뜨렸다. 초록색 작은 산딸기가 지천에 깔려 있었는데, 양지쪽에서만 금속성 갈색 물이 이제 막 엷게 들기 시작했다. 멋쟁이 나비가 포근한 대기 속에서 강렬한 색채를 뿌리며 이리저리 조용히 날아다니고 있었고, 푸르스름하고 섬세한 톱풀 산형 화서 위에는 검고 붉은 점박이 딱정벌레가 수없이 많이 앉아 있었다. 별난 침묵의 집회였다. 이것들은 가늘고 긴 다리를 기계적으로 움직이고 있었다. 하늘은 오래전에 구름이 말끔히 걷혀 있었다. 가까운 산마루의 검은빛 전나무 우듬지들이 새파란 하늘을 선명하게 자르고 있었다.

초등학생 시절 우리가 항상 가을 불놀이를 했던 산꼭대기 바위에서 나는 걸음을 멈추고 뒤돌아보았다. 반쯤 그늘진 깊은 골짜기 아래쪽에 강이 반짝거리며 흐르고 있었고, 물방아의 둑이 하얀 포말을 이루며 빛나고 있었다. 계곡 아래 좁다란 지역에는 갈색 지붕들이 깔려 있는 우리의 옛 도시가 보였는데, 이 지붕들 위에서는 점심을 짓는 아궁이의 연기가 모락모락 피어오르고 있었다. 그곳에는 내 아버지의 집이 있고, 오래된 다리가 있고, 풀무가 붉은 불꽃을 일구던 우리의 공장이 있었다. 강 아래쪽으로 얼마간 내려간 지점에 방직 공장이 보였다. 이 공장의 넓적한 지붕에는 풀이 자라고 있었고, 반짝거리는 창문 안쪽에서는 베르타 푀틀린이 다른 여공들과 일을 하고 있을 터이다. 아, 그녀! 나는 그녀에 대해 아무것도 알고 싶지 않았다.

정원들과 운동장들 그리고 구석진 곳들이 한데 어우러진 고향 도시가 다정한 옛 얼굴로 나를 올려다보고 있었다. 교회 시계탑의 금빛 숫자는 자신을 보라는 듯이 번쩍거리고 있었고, 그늘진 물레방아 수로에는 집들과 나무들이 검은 그림자를 시원하게 드리우고 있었다. 달라진 것은 나 자신뿐이었다. 나와 이 풍경 사이에 검은 장막이 드리워져 서먹서먹해진 것은 오로지 내 마음의 동요 때문이었다. 담들과 강 그리고 숲으로 이루어진 이 작은 마을에서 나는 언제까지나 안일하게 만족하며 갇혀 살 수는 없다는 생각이 들었다.

이 고장에 아직 강한 끈으로 묶여 있기는 하지만, 더 이상 이곳에 뿌리내린 채 우물 안 개구리로 살 수는 없었다. 이곳 어디를 가든지 좁은 경계를 벗어나 넓은 세상으로 나가고 싶은 동경으로 가슴이 들뜰 뿐이었다. 야릇한 슬픔에 젖어 산 아래를 내려다보고 있는데, 문득 가슴속에 묻혀 있던 삶에 대한 내밀한 소망들이 일제히 용솟음쳤다. 아버지와 존경하는 작가들의 말씀이 내 은밀한 맹세와 더불어 귓전을 스치면서, 어른이 되어 내 운명을 내가 스스로 개척하는 것이 진지하고 값진 일이라는 생각이 들었다. 그다음 이 생각은 한 줄기 빛이 되어 베르타 푀틀린으로 흔들리던 내 의지를 굳건히 해 주었다. 그녀가 아무리 예쁘고 나를 좋아한다고 하더라도, 그런 행복이 내 노력에 의해서가 아니라 여자의 손으로 주어진다면, 그건 내 자존심이 허락할 수 없는 일이었다.

 정오까지는 시간이 얼마 남지 않았기에 산행은 그것으로 끝내고 싶었다. 나는 생각에 잠긴 채 걸어서 시내 쪽으로 내려왔다. 철교 밑에 도달했다. 이곳은 예전에 내가 매년 여름이면 밀집된 쐐기풀 속에서 공작나비의 솜털 달린 검은 유충을 약탈하던 곳이었다. 이어서 이끼 낀 호두나무가 짙은 그늘을 던지는 공동묘지의 담을 지나갔다. 공동묘지의 문은 열려 있었고 안쪽에서 샘물이 졸졸거리며 흐르는 소리가 들려왔다. 공동묘지 바로 옆에는 유원지와 축제 광장이 있었다. 이곳은 오월 축제 때면 먹고 마시고 떠들며 춤을 추던 곳인데, 지금은 잊힌 채 — 붉은 모래 위로 햇살이 눈부시게 반사되는 곳도 더러 있기는 했지만 — 수령이 아주 오래된 우람한 마로니에 나무 그늘에 덮여 한적하기 그지없었다.

 계곡 아래쪽 강을 따라 뻗어 나간 양지바른 도로에는 정오의 뜨거운 햇볕이 사정없이 이글거리고 있었고, 햇살을 받아 눈부신 집들 맞은편 강변에는 늦여름을 알리듯 잎들이 엷고 노랗게 물들기 시작한 물푸레나무와 단풍나무들이 듬성듬성 서 있었다. 여느 때처럼 나는 강가로 가서 물고기를 살펴보았다. 유리처럼 투명한 강물 속에서는 짙은 수염이 달린 길쭉한 거머리말이 흔들거리고 있었고, 그 사이로 내가 익히 잘 알고 있는 컴컴한 공간마다 살진 물고기가 한 마리씩 자리를 차지하고 물결을 거슬러 주둥이를 고정한 채 꼼짝 않고 있었다. 이따금 물 위쪽에서 검은 물고기 무리가 하얀 치어들을 사냥하고 있었다. 오늘 아침에 낚시하러 가지 않기를 잘했다는 생각이 들었다. 하지만 공기와 물 그리고 커다랗고 둥근 두 개의 바위 사이 맑은 물에서 커다란 검정 돌잉어가 편안히 쉬고 있는 것을 보니, 어쩌면 오후에는 몇 마리 잡힐 것 같았다. 나는 오후 낚시를 염두에 두고 발길을 옮겼다. 눈부신 거리를 지나 우리 집 문을 열고 지하실처럼 시원한 현관에 들어섰을 때 비로소 안도의 한숨이 나왔다.

"오늘 또 뇌우가 올 것 같구나."

식탁에서 날씨에 민감한 아버지가 말했다. 하늘에 구름 한 점 없고 서풍도 전혀 불지 않는데 무슨 뇌우냐고 내가 이의를 제기하자 아버지는 미소를 띠며 말했다.

"대기가 잔뜩 긴장해 있는 걸 넌 느끼지 못하는가 보구나? 그래, 어디 한 번 지켜보자꾸나."

물론 날씨는 꽤나 후텁지근했다. 하수구 도랑에서는 편 바람이 불기 직전처럼 냄새가 심하게 났다. 산행과 더불어 더위를 먹었는지 뒤늦게 피곤이 몰려와 나는 베란다에 나가 정원을 마주 보고 앉았다. 집중력이 떨어지고 계속

졸음이 와 카툼의 영웅 고든 장군 이야기를 읽다 말다를 반복했다. 그러는 가운데 곧 뇌우가 올 것 같은 예감이 들기 시작했다. 하늘은 여전히 맑고 푸르렀지만, 청청하게 높이 떠 있는 태양의 열로 이글거리는 구름층에 가려져 있는 것처럼 대기는 밀도가 점점 높아지고 있었다. 나는 두 시경에 다시 집 안으로 들어와 낚시 도구를 챙겼다. 낚싯줄과 낚싯바늘을 살펴보고 있는 동안 나는 벌써 물고기 잡을 생각으로 잔뜩 들떠 있었다. 이렇듯 신나는 소일거리가 아직 내게 남아 있다는 것이 고맙기 그지없었다.

 이날 오후의 후텁지근하고 긴장된 정적은 내게 잊지 못할 기억으로 남아 있다. 나는 낚시 바구니를 들고 강 아래쪽 계단 아래로 내려갔다. 높은 집들로 계단은 이미 반쯤 그늘져 있었다. 근처 방직 공장에서 규칙적으로 돌아가는 기계 소리가 자장가처럼 은은하게 들려왔다. 이 소리는 벌들의 윙윙거리는 날갯짓 소리처럼 들렸다. 그런가 하면 강 상류의 물레방앗간에서는 이 빠진 원형 톱 돌아가는 소리가 고막을 찢을 것처럼 간헐적으로 고약하게 들려왔다. 이 두 소리 말고는 아주 조용했다. 직공들은 그늘진 공장 안에 들어가 있었고, 거리에는 한 사람도 보이지 않았다. 물레방아가 있는 섬에서는 어린 소년이 물에 젖은 바위들 사이를 발가벗은 몸으로 이리저리 돌아다니고 있었다. 달구지 제작소 앞쪽 벽에는 아직 대패질이 안 된 기다란 널빤지들이 세워져 있었는데, 햇볕을 받아 강렬한 냄새를 풍기고 있었다. 물고기 냄새가 조금 밴 축축한 강물 냄새를 뚫고 내가 있는 방향으로 흘러온 이 메마른 나무 냄새는 강물 냄새와는 전혀 다른 냄새를 풍기고 있었다.

 물고기들도 이상한 날씨를 감지했는지 변덕스러워졌다. 첫 십오 분가량은 황어 몇 마리가 낚싯밥 주위를 맴돌았다. 그러더니 아름답고 빨간 배지

느러미가 달린 육중하고 넓적한 놈이 내 낚싯줄을 끊어 먹었다. 내가 그놈을 두 손아귀에 거의 집어넣으려는 찰나에 물고기들이 불안한 예감이 들었는지 강바닥 진흙 속에 들어가서는 미끼를 거들떠보지도 않았다. 하지만 물 표면에서는 일년생 치어들이 떼 지어 지나가고 또 새로운 무리가 연이어 강을 거슬러 올라가는 것이 피란 행렬 같아 보였다. 이 모든 현상은 이상 기후가 오고 있다는 징후였다. 그런데도 대기는 사막처럼 조용했고, 하늘은 청명하기만 했다.

내 생각에는 어디선가 스며든 더러운 폐수가 물고기들을 쫓아내고 있는 것 같았다. 나는 아버지의 말을 아직 인정할 수 없었다. 그래서 다른 낚시터를 궁리하다가 방직 공장의 운하 쪽을 택했다. 그곳 창고 옆에 자리를 잡고 낚시 도구들을 막 풀어놓는데, 공장의 계단 창문에서 베르타가 나타나더니 나를 건너다보며 손짓을 했다. 하지만 나는 그녀를 못 본 체하고 낚싯대 쪽으로 허리를 굽혔다.

검은빛을 띤 물이 운하의 콘크리트 벽 사이로 세차게 흐르고 있었다. 나는 고개를 발치까지 수그린 채 물결치며 흐르는 운하 물속에서 요동치고 있는 내 모습을 들여다봤다. 그때까지도 건너편 창가에 서 있던 그 처녀가 내 이름을 불러 댔지만 나는 꼼짝도 않고 머리를 물 쪽으로 둔 채 고개를 돌리지 않았다.

낚시질은 허탕이었다. 여기서도 물고기들은 무슨 일이 생긴 것처럼 빠른 몸놀림을 하고 있었다. 나는 압박해 오는 더위에 지쳐 운하의 담 위에 앉았다. 오늘 낚시는 이것으로 끝내고, 빨리 저녁이나 왔으면 좋겠다는 생각이 들었다. 내 뒤쪽 방직 공장 작업실 안에서는 기계 돌아가는 소리가 끊임없이 들려왔고, 운하는 나지막하게 출렁이는 소리를 내며 초록색 이끼가 낀 축축한 담 사이를 흘러갔다. 나는 졸음이 와서 나른해진 상태로 그냥 멍하니 앉아 있었다. 낚싯줄을 감아올리는 것도 귀찮았다.

반 시간가량 지났을까, 나는 멍한 상태에서 깨어났다. 갑자기 걱정과 깊은 불안감이 엄습해 왔다. 바람이 요동쳐 와서는 제지라도 당한 듯 마지못해 제자리를 맴돌았다. 대기가 부풀어 오르면서 스산해졌다. 제비 서너 마리가 놀라서 운하를 스치며 잽싸게 날아갔다. 머리가 어지러운 것이 일사병에라도 걸린 것 같은 기분이 들었다. 운하 물은 더 심하게 코를 찔렀고, 배가 아픈 건지 기분이 언짢아지면서 머리도 몽롱해지고, 땀이 나기 시작했다. 나는 낚싯줄을 감아올리면서 낚싯줄에서 떨어지는 시원한 물방울에 손을 적시고 나서 낚시 도구를 정리했다.

자리에서 일어섰을 때 방직 공장 앞 광장에서 작은 먼지바람이 맴도는 것을 보았다. 먼지바람이 갑자기 공중으로 솟아오르더니 한 덩이 구름으로 뭉쳐졌고 하늘 높은 곳에 이르러서는 격앙된 대기 속에서 채찍질을 당한 것처럼 화르르 날아갔다. 나는 계곡 아래쪽에서 대기가 짙은 눈보라처럼 하얀색으로 변하는 것을 보았다. 이상하게도 바람이 서늘해지더니, 적의를 잔뜩 품은 채 바람이 나를 향해 달려드는가 하면, 물에서 내 낚싯줄을 낚아채고, 내 모자를 벗기고, 주먹으로 내 얼굴을 후려쳤다.

멀리 지붕들 위에 눈의 장벽처럼 걸려 있던 하얀 대기가 차고 매서운 기운을 몰고 갑자기 내 주위로 몰려왔다. 빠르게 돌아가는 물방아 물처럼 운하 물이 세차게 솟아올랐고, 낚싯줄은 온데간데없이 사라졌다. 울부짖는 하얀 광풍이 숨을 헐떡거리더니 내 주변을 초토화시키며 내 머리와 두 손을 때렸고, 흙이 내게로 튀어 오르는가 하면, 모래와 나뭇가지들이 공중에서 소용돌이쳤다.

　모든 게 나에게는 불가사의였다. 다만 무언가 무서운 일이 일어나고 있으며, 위험이 닥쳐온다는 느낌이 들었다. 깜짝 놀란 나는 겁에 질려 옆에 있던 창고로 황급히 뛰어 들어가 쇠기둥을 꽉 붙잡았다. 현기증이 났다. 광란의 순간을 원초적 불안 속에서 숨죽이고 서 있다가 얼마 뒤에 겨우 정신을 차리기 시작했다. 한 번도 보지 못한 폭풍이, 상상도 해 보지 못한 폭풍이 미친 듯이 날뛰며 지나가고 있었다. 공중에서는 광풍이 윙윙 소리를 지르며 무섭고 사납게 불어 댔다. 평평한 창고 지붕과 창고 입구의 앞마당 위로 거친 우박 덩어리와 얼음덩어리들이 두꺼운 층을 이루며 하얗게 떨어져 내게로 굴러왔다. 우박 소리와 바람 소리가 공포스럽게 들렸다. 운하는 채찍에 맞은 듯 거품과 파랑을 일구며 운하의 담을 거칠게 오르내렸다. 나무판자와 지붕 널빤지 그리고 나뭇가지들이 공중으로 날아갔다. 돌과 석회 덩어리들이 땅에 굴러떨어지고 그 위로 우박 덩어리들이 굴러떨어졌다. 거센 망치에 얻어맞은 듯 기왓장이 부서져 내리는 소리와 유리가 깨지는 소리, 추녀의 물받이가 부서지며 떨어지는 소리가 들렸다.

　그때 어떤 사람이 공장에서 나와 거센 바람에 옷을 펄럭거리며 우박이 깔린 마당을 대각선으로 가로질러 달려오고 있었다. 그 사람은 폭풍과 싸우느라 비틀거리며 파이고 쌓이고 엉망진창이 돼 버린 땅을 헤치고 나를 향해 달려왔다. 그는 창고로 들어서더니 내게로 달려들었다. 낯설면서도 낯익은 조용한 얼굴, 사랑스러운 커다란 눈망울을 지닌 얼굴이 고통스러운 미소를 띠며 눈앞에 어른거리는가 싶더니, 조용하고 따뜻한 입술이 내 입술을 덮쳤다. 숨이 막힐 것 같은 뜨거운 키스가 오랫동안 계속됐다. 두 손이 내 목을 감싸 안았고, 금발의 젖은 머리가 내 뺨을 간질여 댔다. 사방에서 우박을 동반한 폭풍이 휘몰아치는 가운데, 조용하고 가슴 떨리는 사랑의 폭풍이 두렵고 깊숙하게 나를 엄습해 왔다.

우리는 널빤지 더미 위에 앉았다. 말없이 서로 꽉 부둥켜안은 채. 나는 수줍고 어안이 벙벙한 상태로 베르타의 머리를 쓰다듬으며, 탱탱하고 탄력 있는 그녀의 입술에 내 입술을 밀착시켰다. 그녀의 온기가 달콤하고 고통스럽게 나를 감싸 안았다. 나는 두 눈을 감았다. 그녀는 내 머리를 자기의 두근거리는 가슴과 품에 밀착시키고, 내 얼굴과 머리를 떨리는 두 손으로 부드럽게 쓰다듬었다. 현기증 나는 어둠의 골짜기에서 깨어나 눈을 뜨자 진지하고 건강한 그녀의 얼굴이 고혹적인 슬픔에 젖어 나를 향하고 있었다. 그녀는 망연히 나를 바라보고 있었다. 그녀의 헝클어진 머리카락 사이로 피가 흐르고 있었다. 연분홍 피가 그녀의 환한 이마에서 가느다란 선을 그리며 얼굴을 세로로 줄지어 목까지 흘러내리고 있었다.

"어떻게 된 거야? 무슨 일이 있었던 거야?"

내가 겁에 질려 물었다. 그녀는 내 눈을 깊숙이 들여다보며 엷은 미소를 지었다.

"세상이 꺼져 가는가 봐."

그녀가 나직하게 말했으나, 사나운 폭풍이 그녀의 말을 삼켜 버렸다.

"피가 흘러."

"우박 때문이야. 내버려 둬! 겁나니?"

"아니, 넌?"

"난 하나도 겁 안 나. 그런데, 있잖아. 지금 온 도시가 무너져 내리고 있어.

넌 날 전혀 좋아하지 않는 거니?"

 나는 아무 말도 하지 않고 불안한 표정으로 그녀의 맑고 커다란 눈을 들여다봤다. 그녀의 두 눈은 슬픈 사랑으로 가득 차 있었다. 그녀의 눈이 내 눈 위로 다가오고, 그녀의 입이 무겁게 내 입을 누르는 동안 나는 그녀의 진지한 눈에 시선을 고정했다. 왼쪽 눈가의 하얗고 생기 있는 피부에 연분홍 피가 가늘게 흘러내리고 있었다. 감각이 온통 혼미해지는 가운데 나는 정신을 차리려고 노력했다. 나는 의지에 역행해서 폭풍의 격정에 휘말려 있는 자신을 건져 내기 위해 절망적으로 안간힘을 썼다. 내가 몸을 일으키니 그녀는 내가 그녀를 동정하고 있다는 사실을 내 눈에서 읽어 냈다.

 그녀는 몸을 뒤로 젖히더니 화가 난 듯한 표정으로 나를 쳐다봤다. 내가 연민과 더불어 걱정스러운 동작으로 그녀에게 손을 내밀자, 그녀는 두 손으로 내 손을 잡고 얼굴을 갖다 댄 채 무릎을 꿇고 울음을 터뜨렸다. 그녀의 뜨거운 눈물이 떨리는 내 손 위로 흘러내렸다. 나는 당황해서 그녀를 내려다보았다. 그녀의 머리가 내 손 위에서 흐느끼고 있었다. 부드러운 그녀의 머리카락이 목덜미에 그늘을 드리우며 하늘거리고 있었다. 만약 그녀가 다른 여자, 내가 영혼을 바쳐서 진정으로 사랑할 수 있는 여자였다면, 나는 이 달콤한 머리카락을 사랑이 듬뿍 담긴 손가락으로 어루만지며 이 하얀 목덜미에 키스를 해 주었을 텐데! 하지만 내 피는 더욱 차가워졌다. 내 청춘과 자존심을 바치고 싶지 않은 여자가 지금 내 발아래 무릎을 꿇고 있는 모습을 내려다보는 자신이 부끄럽고 괴로웠다.

 이 모두를 당시에 나는 마법에 홀린 것처럼 한 해에 경험했고, 오늘 이 시간에도 당시에 일었던 수없이 많은 자잘한 흥분과 그에 따른 내 일거수일

투족이 장시간에 걸친 기억으로 떠오르지만, 실은 몇 분간에 일어난 일이었다. 뜻밖에 날이 밝아지더니 푸른 하늘 조각들이 축축한 대기 속에서 화해의 징조처럼 나타났다. 그렇게 요란했던 폭풍이 칼에 베인 듯 갑자기 자취를 감추고, 믿을 수 없을 정도로 놀라운 정적이 우리를 에워쌌다.

환상적인 꿈의 동굴로부터 빠져나오기라도 하는 것처럼 나는 창고에서 다시 밝아 오는 낮의 세계로 나왔다. 내가 아직 살아 있다는 것이 신기했다. 황량한 마당이 볼썽사나웠고, 땅은 말발굽으로 짓이긴 것처럼 파헤쳐져 있었고, 사방에 커다란 우박 덩어리들이 산적해 있었다. 내 낚시 도구뿐 아니라 낚시 바구니도 어디론가 사라지고 없었다. 나는 유리창이 깨진 창문들을 통해 건물 안을 들여다보았다. 문마다 밖으로 나오려는 사람들로 북새통을 이루고 있었다. 땅에는 유리 조각과 깨진 기왓장들이 즐비했고, 기다란 처마 물받이는 뜯겨 비틀어진 상태로 비스듬히 건물에 반쯤 걸쳐 있었다.

나는 바로 직전에 창고 안에서 일어났던 일을 까맣게 잊어버린 채, 밖에서 무슨 일이 일어났는지, 폭풍이 얼마나 큰 재앙을 불러왔는지를 한시바삐 살펴보고 싶은 호기심이 앞섰다. 공장의 부서진 창문과 기왓장들, 이 모든 게 첫눈에는 정말 황량하고 절망적으로 보였다. 그러나 찬찬히 살펴보니 그 모든 게 그렇게 처참한 것은 아니었다. 회오리바람이 내게 주었던 공포감에 비하면 그렇게 정도가 심각하지는 않아 보였다. 나는 안도의 한숨을 내쉬었다. 해방감이 들었다. 그리고 이상하게도 한편으로는 약간 실망스럽기도 했다. 정신을 차리고 보니 집들이 예전처럼 건재했고, 계곡 양쪽으로 산들도 아직 그대로 있었다. 그렇다, 세상이 꺼지지는 않았다.

하지만 공장 마당을 떠나 다리 건너 첫 번째 골목에 들어섰을 때 재해는 다시금 보다 심각한 상황을 드러내고 있었다. 골목에는 깨진 유리 조각과 부서진 덧창들이 여기저기 잔뜩 널브러져 있었고, 굴뚝들은 허물어져 내렸으며, 기왓장들은 바람과 함께 날아가 버렸다. 집마다 문 앞에 사람들이 나와 서서 혼비백산한 얼굴로 탄식을 해 댔다. 이 모든 광경은 내가 그림에서 본 도시, 포위되어 점령당한 도시를 방불케 했다. 돌멩이와 나뭇가지들이 길을 막고 있었고, 도처에 부서져 내린 잔해들 뒤로 뻥 뚫린 창문들이 퀭한 눈으로 앞을 바라보고 있었다. 정원 울타리들은 땅바닥에 쓰러져 있거나 담벼락에 걸려 덜렁대고 있었다. 아이들은 실종되어 수색 중이었고, 들에 있던 사람들이 우박에 맞아 죽었다는 소문도 있었다. 어떤 사람들은 우박 덩어리를 내보이기도 했는데, 크기가 탈러(은전-옮긴이)만 한 것이 있는가 하면 더 큰 것도 있었다.

 나는 아직도 너무 흥분해 있었기 때문에, 집에 가서 우리 집과 정원의 피해 상황을 살펴볼 겨를이 없었다. 물론 집에서 내가 없어졌다고 걱정하고 있으리라는 생각은 하지도 못했다. 나에게는 아무 일도 일어나지 않았으니까. 나는 파편들을 헤쳐 나가느라 비틀거리느니 차라리 야외로 나가 보기로 마음먹었다. 내가 즐겨 찾던 곳인 옛 축제 광장에 가고 싶어졌다. 축제 광장은 공동묘지 옆에 있었는데, 커다란 축제가 있을 때마다 나는 이 축제 광장의 그늘진 곳에서 축제를 즐기곤 했다. 내가 불과 네다섯 시간 전에 집으로 가는 길에 바위산에서 내려와 축제 광장을 지나왔다는 것을 깨닫고 놀랐다. 아주 오래전에 있었던 일처럼 생각되었기 때문이다.

 그래서 나는 가던 발길을 되돌려 골목으로 다시 돌아왔다. 아래쪽 다리를 건너오면서 정원 틈새로 사암으로 지은 붉은 교회 건물이 아무 탈 없이 잘 있는 걸 보았다. 체육관도 별로 피해가 크지 않은 것 같았다. 멀리 건너편에 있는 음식점 지붕은 먼발치에서도 알아볼 수 있었는데, 이 오래된 음식점은 홀로 외롭게 서 있었다. 음식점 건물 자체는 그대로인데, 왠지 어딘가 이상하게 달라 보였다. 그래서 좀 더 신경을 써서 자세히 살펴보았다. 그때 비로소 음식점 앞에 포플러나무 두 그루가 항상 우뚝 서 있던 기억이 났다. 그 나무들이 사라진 것이다. 오래전부터 친근했던 전경이, 내가 사랑하는 장소가 파괴되고 일그러진 것이다.

불현듯 불길한 예감이 들었다. 이것들보다도 더 값지고 소중한 것들이 파괴되지 않았나 하는 예감이 말이다. 나는 새삼스럽게 가슴 조여 가며, 내가 고향을 얼마나 사랑하는지 깨달았다. 내 마음과 내 행복이 이 지붕과 탑, 다리와 골목 그리고 나무와 정원, 이 숲과 얼마나 밀접하게 결속되어 있는지 깨달았다. 다시금 초조하고 걱정스러운 마음에 축제 광장으로 부리나케 달려갔다.

현장에 도착한 나는 발길을 멈추고, 가장 좋아하는 장소로 내 기억에 각인된 곳이 알아볼 수 없을 정도로 모조리 파괴되어 황폐한 모습을 드러내고 있는 것을 보았다. 우리가 그 그늘 아래서 우리의 축제일을 맞이했던 오래된 마로니에 나무, 그 기둥을 우리 어린 학생들 서너 명이 양팔을 벌려 안아도 모자라던 그 마로니에 나무가 뿌리째 뽑혀 쓰러져 있었다. 가지들은 꺾이고 갈라져 만신창이가 되어 있었고, 나무가 뽑힌 자리는 집채만 한 구덩이가 입을 벌리고 있었다. 제자리에 있는 것은 하나도 없었다. 그곳은 끔찍한 전쟁터였다. 보리수와 단풍나무들도 쓰러져 있었고, 그 밖에 나무란 나무는 모두 쓰러져 있었다. 넓은 공간이 나뭇가지들과 갈라진 나무 기둥들, 나무뿌리들,

흙덩어리들로 가득 찬 섬뜩한 폐허로 변해 있었다. 우람한 나무 기둥들이 아직 땅에 박혀 있는 곳도 있었지만, 윗동은 잘려 나가거나 꺾어지고 뒤틀려 있었고, 그런 나무들 주위에는 수천 개의 벌거벗은 나뭇조각들이 하얗게 널려 있었다.

광장과 거리는 뒤엉킨 나무 기둥과 나뭇가지들이 지붕 높이로 쌓여 있어서 더 이상 발을 옮겨 놓을 수가 없었다. 내가 아주 어렸을 적부터 아늑하고 성스러운 그늘을 만들어 주던 곳, 높은 나무 사원이 있던 곳, 지금은 폐허로 변한 이곳을 빈 하늘이 내려다보고 있었다.

내 자신의 비밀스러운 뿌리들이 송두리째 뽑혀 나가 가차 없이 백일하에 내던져진 것 같았다. 나는 하루 종일 이리저리 헤매고 다녔다. 숲에는 길이 하나도 남지 않았고, 익숙했던 호두나무 그늘도, 어린 시절에 즐겨 올라갔던 참나무들도 모두 사라지고 없었다. 도시 주변의 넓은 지역은 온통 파편투성이였고, 움푹 파인 구덩이들이 산재했다. 경사진 숲은 무너져 내려 숲을 깎아 버린 것 같았고, 뿌리를 드러낸 나무 사체들은 태양을 향해 탄원이라도 하는 것 같았다. 나와 내 유년 시절 사이에 균열이 생겼다. 고향은 옛날의 그 고향이 아니었다. 달콤하고 어리석었던 지난 시절은 내게서 떠나 버렸다. 그 후 나는 성인이 되고 삶을 극복하기 위해 곧장 고향을 떠났다. 내 인생에 첫 번째 시련을 안겨 주었던 이날을 뒤로한 채.

청춘은 아름다워라

심지어 마테우스 숙부조차도 나를 다시 만나자 그 특유의 방식으로 반가움을 표현했다. 한 청년이 몇 년 동안 타지에 머물다가 어느 날 의젓한 신사가 되어 돌아오면, 아무리 점잖은 친척이라도 반가워 미소를 지으며 그의 손을 잡고 흔들어 대기 마련이다.

  소지품이 들어 있는 조그만 내 갈색 가방은 멋진 자물쇠와 반짝거리는 가죽끈이 달린 새 가방이었다. 가방 속에는 깨끗한 양복 두 벌과 속옷 여러 벌, 새 구두 한 켤레, 책 몇 권, 사진들 그리고 담배빨부리 두 개와 회중 권총 한 자루가 들어 있었다. 그 밖에도 내 짐은 바이올린 케이스와 잡동사니가 든 배낭, 중절모 두 개, 단장 한 개 그리고 우산 한 개와 가벼운 외투 한 벌, 고무신 한 켤레가 있었는데, 모두가 새것이고 견고한 것이었다. 이것 말고도 나는 그간에 모아 둔 이백 마르크가 넘는 지폐와 편지 한 통을 상의 안주머니에 꿰매 넣었다. 이 편지에는 올해 가을 나에게 외국에서 좋은 일자리를 주기로 약속한 글이 들어 있었다. 이렇게 여러 가지 무거운 짐이었는데도 내 발걸음은 가볍기만 했다. 나는 수줍음 타는 애송이로 고향을 떠난 뒤, 오랜 방랑기를 거치며 장성해서 이제 의젓한 신사가 되어 금의환향하는 길이었다.

기차는 완만하게 굴곡진 철로를 따라 천천히 고갯길을 내려가고 있었다. 기차가 커브를 돌 때마다 집들과 골목길, 강과 아래쪽 시내의 정원들이 점점 더 가까워지고 또렷하게 보였다. 곧이어 나는 집들의 지붕을 헤아려 볼 수 있었고, 그중에서 눈에 익은 지붕들을 가려낼 수 있었다. 창문들도 셀 수 있었고, 황새의 보금자리들도 알아볼 수 있었다. 계곡을 바라보니 어린 시절, 소년 시절이 떠올라 가슴이 뭉클해 왔다. 이런저런 옛일을 회상하는 동안 지금까지 품어 왔던 오만한 생각, 저 아래 고향 사람들에게 금의환향을 뽐내 보려던 내 오만한 생각은 어느덧 사라지고, 고향에 대한 감사, 고향을 다시 보는 감격으로 가슴이 벅찼다. 수년간 잊고 있던 향수가 기차에서 마지막 남은 십오 분 동안에 물밀 듯이 밀려왔다. 플랫폼에 늘어선 금작화와 낯익은 정원 울타리 하나하나가 지극히 소중하게 느껴졌다. 나는 오랫동안 이것들을 잊고 지낸 데 대해 미안한 마음이 들어 용서를 빌었다.

기차가 우리 집 정원을 지날 무렵 누군가가 이 오래된 집 맨 위 창가에서 커다란 손수건을 흔드는 것이 보였다. 틀림없이 아버지였을 것이다. 베란다에서는 어머니와 하녀가 수건을 흔들고 있었고, 집 가장 꼭대기에 있는 굴뚝에서는 커피를 끓이는 연푸른 연기가 따뜻한 대기 속으로 모락모락 솟아올라 시내 쪽으로 흘러가고 있었다. 이것들 모두가 다시 내 것이 되었으며, 나를 기다리고, 나를 환영해 주고 있었다.

역에서는 늙고 수염 난 역무원이 예나 다름없이 흥분해서 이리저리 뛰어다니며, 사람들을 철로에서 밀어내고 있었다. 마중 나온 사람들 틈에서 여동생과 남동생이 반가운 표정으로 나를 보고 있었다. 동생은 내 짐을 실을 작은 손수레를 끌고 왔다. 이 손수레는 우리가 어렸을 적에 항상 자랑거리로 여겼던 거다. 우리는 가방과 배낭을 그 위에 실었다. 프리츠가 수레를 끌고 여동생과 내가 그 뒤를 따랐다. 그녀는 짧게 깎은 내 머리를 핀잔하면서도 콧수염은 멋있고 가방도 근사하다고 말했다. 우리는 서로 쳐다보며 웃었고, 때때로 손을 잡기도 했다. 그리고 앞에서 수레를 끌고 가는 프리츠가 뻔질나게 뒤돌아볼 때마다 고개를 끄덕여 줬다. 그는 키가 나만해졌고, 어깨도 듬직하게 넓어졌다. 그가 앞에서 수레를 끌고 가는 동안, 문득 어린 시절에 내가 동생과 싸우면서 여러 차례 그를 때렸던 기억이 떠올랐다. 그의 어릴 때 얼굴이, 모욕감과 슬픔이 밴 그의 두 눈이 떠올랐다. 나는 그 당시에도 화가 풀리면 바로 후회하고 가슴 아파했는데, 지금 이 순간에 바로 그 기억이 떠올라 또다시 가슴이 뭉클해 왔다. 그간에 프리츠는 성장해서 이제 그의 턱에는 금빛 솜털도 자라고 있었다.

  우리는 벚나무와 마가목이 늘어선 가로수 길을 거쳐 위쪽의 오솔길을 지나왔다. 길가에는 새로 생긴 상점들이 더러 눈에 띄었고, 옛날 집들도 옛 모습 그대로 늘어서 있었다. 우리는 다리 모퉁이에 당도했다. 거기에는 우리 집이 창문들을 열어 놓은 채 예전 모습 그대로 버티고 있었다. 창문을 통해서 들려오는 우리 집 앵무새 소리에 옛 추억을 떠올렸다. 가슴이 기쁨으로 벅차오르며 격렬하게 고동쳤다. 나는 서늘하고 침침한 대문을 지나 넓은 석조 현관에 들어섰다. 그러고는 아버지가 마중 나오시는 계단으로 뛰어 올라갔다. 아버지는 나에게 키스하고 미소를 지으시며 어깨를 두드려 주셨다. 그러고는 조용히 내 손을 잡고 위층 복도 문까지 데리고 가셨다. 그곳에서 나를 기다리시던 어머니는 두 팔로 나를 껴안아 주셨다.

  하녀 크리스티네가 뛰어오더니 나에게 손을 내밀었다. 거실에는 커피가 준

비되어 있었고, 앵무새 폴리가 내게 인사를 했다. 나를 즉시 알아본 앵무새는 새장 지붕에서 내 손가락으로 날아와 앉더니, 쓰다듬어 달라는 듯이 회색빛 예쁜 머리를 내리깔았다. 방은 깨끗하게 새로 도배되어 있었다. 그 밖에 달라진 것은 하나도 없었다. 할아버지, 할머니의 초상화와 유리 장식장 그리고 고풍 어린 라일락꽃이 그려진 거실 시계에 이르기까지 모든 것이 예전 그대로였다. 음식이 준비된 식탁에는 커피 잔들이 놓여 있었고, 내 잔에는 작은 레제다 꽃다발이 꽂혀 있었다. 나는 이 꽃다발을 꺼내 단춧구멍에다 꽂았다.

어머니는 맞은편에 앉아 나를 바라보면서 밀크 빵을 건네주셨다. 말하느라고 음식 먹는 걸 게을리해서는 안 된다고 주의를 주시면서도, 당신이 먼저 이것저것 물어보시는 통에 나는 대답을 하지 않을 수 없었다. 아버지는 말없이 듣기만 하시면서 그간에 희끗희끗해진 수염을 쓰다듬었다. 그러면서 안경 너머로 다정하게 나를 살펴보셨다. 나는 내가 경험한 것들과 내가 한 일들 그리고 그 성과들에 관해 과장 없이 액면 그대로 겸손하게 말씀드렸다. 그러는 동안 나는 이 모든 게 다 부모님 두 분 덕분이며, 그래서 두 분께 감사드려야 한다는 생각이 들었다.

첫날에는 그립던 우리 집 말고는 아무것도 보고 싶지 않았다. 다른 것들은 내일 그리고 나중에도 볼 시간이 얼마든지 있었기 때문이다. 그래서 우리는 커피를 마신 뒤 방마다 모두 들어가 보고, 부엌과 복도 그리고 골방들도 살펴보았다. 모든 게 예전 그대로였다. 몇 가지 새로운 것들이 눈에 띄었는데, 다른 식구들에게는 오래전부터 익숙한 것들이어서, 그것들이 이미 내가 집을 떠나기 전에 있었느냐 없었느냐를 두고 설전까지 벌어졌다.

등나무 울타리로 둘러싸인 산비탈에 자리 잡은 작은 정원에는 오후의 햇살이 깨끗한 길과 종유석 받침, 물이 반쯤 담긴 물통과 오색찬란한 꽃밭을 화창하게 비추고 있어서, 이 모든 게 활짝 웃고 있는 듯했다. 우리는 베란다로 가서 안락의자에 앉았다. 이곳에는 고광나무의 크고 투명한 잎들을 투과한 햇살이 은은하고 따사롭게 연초록빛을 띤 채 흐르고 있었고, 벌 몇 마리가 꽃향기에 취했는지 무거운 날갯짓을 하며 길을 잃고 방황하고 있었다. 아버지가 나의 귀향에 대한 감사의 뜻으로 모자를 벗고 주기도문을 낭송하시는 동안 우리는 조용히 두 손을 모았다. 익숙하지 않은 이 의식이 약간 거북스러웠지만, 나는 기쁜 마음으로 이 거룩한 옛 말씀을 듣고 나서 '아멘' 하고 함께 감사의 뜻을 표했다.

그러고 나서 아버지는 서재로 가시고, 여동생과 남동생도 자리를 떴다. 주위가 조용해졌다. 나는 어머니와 단둘이 식탁에 앉았다. 오래전부터 기다렸던 순간인 동시에, 내가 두려워하던 순간이기도 했다. 내 귀향이 기쁘고 반가운 것이기는 해도, 최근 몇 년 동안 내 삶이 깨끗하고 투명하지만은 않았기 때문이다.

어머니가 곱고 따스한 눈으로 나를 쳐다보셨다. 어머니는 내 얼굴을 읽으면서 무슨 말을 해야 할지, 무얼 물어야 할지 곰곰이 생각하시는 것 같았다. 나는 당황해서 손가락을 꼼지락거렸다. 어머니에게 치를 시험은 전체적으로는 성적이 그리 나쁘지 않을 것 같았지만, 세세한 부분에서는 부끄럽기 이를 데 없는 성적이 될 것 같았다.

어머니는 한동안 나를 물끄러미 바라보시더니 섬세하고 자그마한 두 손으로 내 손을 꼭 잡았다.

"너 아직도 자주 기도하지?"

어머니가 나직하게 물었다.

"최근엔 하지 않았어요."

나는 이렇게 대답할 수밖에 없었다.

어머니는 다소 걱정하는 눈으로 나를 바라보셨다.

"곧 다시 하게 될 게다."

"아마 그렇게 되겠죠."

어머니는 잠시 아무 말이 없으시다가 마침내 이렇게 물었다.

"하지만 올바른 사람이 되려는 생각은 가지고 있겠지?"

이 물음에는 내가 '네'라고 대답할 수 있었다. 이번에는 대답하기 괴로운 질문을 하는 대신에 어머니가 내 손을 쓰다듬으며 고개를 끄덕이셨다. 고해성사 없이도 나를 믿으신다는 뜻이었다. 어머니는 내 옷가지들과 빨랫감에 관해 물었다. 지난 이 년 동안 나는 빨래나 바느질거리를 집에 보내지 않고 손수 처리했다. 여기까지 내 말을 들으신 어머니는 얘기를 끝마쳤다.

"내일 우리 함께 이런저런 것 모두 살펴보자꾸나."

이렇게 해서 내 시험은 완전히 끝이 났다.

그러자 여동생이 얼른 나를 방으로 데리고 갔다. '아름다운 방'에서 여동생은 옛날 악보를 꺼내 들고 피아노 앞에 앉았다. 이 음악은 내가 오랫동안 들어 보거나 노래를 부르지는 않았지만 아직도 잊지 않고 있던 거다. 우리는 슈베르트와 슈만의 가곡을 부른 다음, 질허의 악보를 앞에 놓고 점심 먹을 때까지 독일 민요와 외국 민요를 불렀다. 여동생이 식탁을 차리는 동안 나는 앵무새와 놀았다. 앵무새는 폴뤼라는 여자 이름을 지녔는데도 우리는 남성 관사 '데어 der'를 붙여 얘의 이름을 불렀다. 폴뤼는 여러 가지 말을 할 줄 알았고, 우리의 목소리와 웃음소리를 흉내 냈다. 얘는 우리 식구 모두와 친교를 맺고 있었는데, 이 친교의 밀도는 사람에 따라 엄격하게 구분되어 있었다. 폴뤼는 아버지와 가장 친했는데, 아버지에게는 어떤 것도 다 허용했다. 아버지 다음으로 친한 사람은 남동생이고, 그다음은 어머니 그리고 나, 제일 마지막은 여동생이었다. 여동생에게는 얘가 불신감을 가지고 있었다.

폴뤼는 우리 집의 유일한 동물로, 이십 년 전부터 자식처럼 우리와 함께 지냈다. 폴뤼는 이야기하기를 좋아하고, 웃기를 좋아하며, 음악을 좋아하지만, 우리가 자기에게 너무 가까이 가는 것은 싫어했다. 폴뤼는 혼자 있을 때 옆방에서 활기차게 얘기하는 소리가 들리면 열심히 엿듣다가, 사람들이 하는 말을 따라 하기도 하고, 다정하면서도 모순된 그 특유의 웃음을 터뜨리기도 했다. 그리고 이따금 아무도 자기를 거들떠보지 않아 혼자서 새장 막대기에 올라앉아 있을 때면, 게다가 주위가 조용하고 햇살이 따뜻하게 방 안으로 스며들 때면, 폴뤼는 깊고 쾌적한 음으로 생을 찬미하고 신을 찬양하기 시작했다. 그 소리는 플루트 소리와도 흡사했다. 그 소리는 혼자서 노는 어린아이가 무심코 부르는 노랫소리처럼 당당하고 경건하며 포근하게 들렸다.

저녁을 먹고 나서 나는 반 시간가량 정원에 나가 물을 줬다. 물에 젖어 더러워진 옷으로 문을 열고 현관에 들어섰을 때, 귀에 익은 듯한 여자의 음성이 안쪽에서 들려왔다. 나는 얼른 수건으로 손을 닦고 안으로 들어갔다. 거실에는 엷은 자주색 옷에 챙이 큰 밀짚모자를 쓴 훤칠하고 아름다운 처녀가 앉아 있었다. 그녀가 자리에서 일어나 나를 보며 손을 내밀었을 때 비로소 그녀가 헬레네 쿠르츠라는 걸 알아차렸다. 그녀는 여동생의 친구로 예전에 내가 좋아했던 여자다.

"아직 나를 기억하고 계시는군요?"

나는 흐뭇한 기분으로 물었다.

"댁이 돌아왔다고 로테가 벌써 나에게 말해 주었어요."

그녀가 다정하게 대답했다. 하지만 나는 그녀가 그냥 '네'라고 대답했더라면 더 기뻤을 것이다. 그녀는 그간에 훌쩍 큰데다 아주 예뻐지기까지 했다. 어머니와 로테가 그녀와 이야기를 나누는 동안 나는 더 이상 할 말이 없어 창가의 화분 쪽으로 건너갔다.

나는 거리를 내다보며 제라늄 잎을 손가락으로 만지작거렸다. 하지만 내 생각은 딴 데 가 있었다. 춥고 푸른 겨울을 바라보고 있었다. 나는 키 큰 오리나무들 사이에 있는 강에서 스케이트를 타며 멀리서 조심스럽게 반원을 그리는 어떤 소녀를 뒤쫓고 있었다. 그녀는 아직 스케이트를 잘 탈 줄 몰라 친구가 부축해 주고 있었다.

그녀의 목소리가 내 가까이서 들려왔다. 예전보다 더 꽉 차고 깊은 음성이 거의 딴 사람 목소리처럼 들렸다. 그녀는 이제 의젓한 숙녀가 되어 있었다. 나는 그녀와 동등한 동년배가 아니라 아직도 여전히 열다섯 살 소년처럼만 생각되었다. 그녀가 떠날 때 나는 그녀에게 악수를 청하고, 필요 이상으로 깊숙이 허리를 숙여 인사하면서 말했다.

"안녕히 가세요, 쿠르츠 씨."

나는 나중에 여동생에게 물었다.

"저 친구 다시 집에 와 있니?"

"그럼 걔가 갈 데가 어디 있어?"

로테가 말했다. 나는 동생과 더 이상 그 얘기를 하고 싶은 생각이 없어졌다.

정확하게 열 시에 우리 집 문은 닫혔고, 어머니와 아버지는 잠자리에 드셨다. 잘 자라는 키스를 하실 때 아버지는 내 어깨에 팔을 얹으시고 나직하게 말했다.

"네가 다시 집에 오니까 좋구나. 너도 기쁘지?"

모두 잠자리에 들었다. 하녀도 조금 전에 인사하고 갔고, 몇 번 문 여닫는 소리가 들리더니 온 집안이 밤의 깊은 정적에 빠져들었다.

나는 맥주 한 잔을 차게 해서 내 방으로 가져와 탁자 위에 놓았다. 그러고는 파이프에 담배를 꽂고 불을 댕겼다. 우리 집에서는 거실에서 담배를 피울 수 없게 되어 있었다. 내 방에는 창문이 두 개 있는데, 두 창문 모두 어둡고 조용한 마당 쪽을 향해 있었고, 마당에는 정원으로 올라가는 돌계단이 있었다. 위쪽 정원에는 전나무들이 하늘을 향해 손을 뻗고 있었고, 그 위에서는 별들이 반짝거렸다.

한 시간 넘게 나는 그렇게 앉아 있었다. 솜털이 달린 작은 나방들이 등잔 주위를 맴돌았고, 나는 열어젖힌 창밖으로 천천히 담배 연기를 내뿜었다. 내 머릿속에서는 이곳 고향에서 보냈던 유년 시절의 여러 가지 영상이 조용히 주마등처럼 흘러갔다. 이 영상들은 커다란 무리를 지어 조용히 떠올라서 반짝거리다가는 바다에 이는 파도처럼 다시금 조용히 사라져 갔다.

다음 날 아침 나는 내 옷 중에서 가장 좋은 양복을 골라 입고 나갔다. 고향 도시와 많은 옛 친지들에게 잘 보이고 또 내가 그간에 건강하게 지냈고, 불쌍한 놈이 되어서 돌아온 게 아니라는 것을 분명하게 보여 주기 위해서였다. 우리 고장의 좁은 계곡 위에는 여름 하늘이 푸른빛을 발하며 펼쳐져 있었고, 하얗게 뻗어 나간 길 위에서는 옅은 먼지가 일고 있었다. 이웃 우체국 앞에는 숲속 마을에서 온 우편 마차들이 대기하고 있었다. 골목에서는 어린 아이들이 글루커나 털실 공을 가지고 놀고 있었다.

내 첫 발길이 닿은 곳은 조그만 이 도시에서 가장 오래된 건축물인 석조 다리였다. 나는 다리 한가운데 서 있는 조그만 고딕식 교회당, 내가 예전에 수천 번 지나다녔던 그 교회당을 바라봤다. 그러고는 다리의 난간에 기대서서 빠르게 흐르는 녹색 강물을 위아래로 훑어보았다. 보기만 해도 마음이 푸근해지던 옛 물방앗간, 박공벽에 하얀 바퀴가 그려져 있던 그 옛 물방앗간은 사라지고, 그 자리엔 벽돌로 새로 지은 커다란 건물이 한 채 서 있었다. 그 밖에는 변한 것이 하나도 없었다. 강과 강기슭에는 거위와 오리가 전과 다름없이 무리 지어 노닐고 있었다. 다리를 건너서 나는 처음으로 아는 사람을 만났다. 그는 내 초등학교 동창생인데, 피혁공이 되어 있었다. 윤이 나는 오렌지색 앞치마를 두른 그는 나를 알아보지 못하겠는지 탐색하듯 나를 훑어봤다. 그의 행동에 나는 기분이 흐뭇해져 그에게 고개를 한 번 끄덕여 주고는 그를 지나쳐 천천히 걸음을 옮겼다. 그는 줄곧 나를 쳐다보며 무언가 골똘히 생각하고 있었다. 나는 구리 대장장이의 공장을 지나면서 공장 창문을 통해 흰 수염이 멋진 그에게 인사를 건넨 다음 곧바로, 작업을 하고 있는 선반공에게 시선을 돌렸다. 그는 나에게 코담배를 권했다. 이어서 나는 시장 광장으로 발길을 옮겼다. 거기에는 커다란 분수와 정겨운 시청 건물이 있었다. 시청 건물 안에는 서점이 있었는데, 나이 든 이 서점 주인은 몇 년 전에 내가 하인리히 하이네의 작품들을 주문했다고 악소문을 퍼뜨린 바 있다. 그런데도 나는 이 서점에 들어가 연필 한 자루와 그림엽서 한 장을 샀다. 이곳으로부터 학교까지는 그리 멀지 않았다. 나는 학교를 지나면서 낡은 학교 건물을 훑어보고, 정문에 다다라서는 나를 불안하게 했던 예의 그 학교 냄새에 한숨을 내쉬었다. 얼른 발길을 돌려 교회와 목사관으로 향했다.

　골목 몇 군데를 둘러본 뒤 이발소에 들러 머리를 깎고 나니 열 시가 됐다. 이제 마테우스 숙부 댁을 방문할 시간이었다. 멋지게 꾸며 놓은 마당을 지나 아름다운 집으로 들어가 시원한 현관에서 바지의 먼지를 털고 거실 문을 두드렸다. 안에는 숙모와 두 딸이 바느질을 하고 있었다. 숙부는 벌써 사무실에 나가고 안 계셨다. 이 집에 있는 것 모두가 온통 고색창연한 분위기를 풍겼다. 조금은 근엄하고, 한눈에 보아도 실용성에 방향을 맞춘 듯했으나, 동시에 밝고 안정감이 있어 보였다. 이 집에서는 끊임없이 쓸고 닦고 씻고 바느질하고 뜨개질하고 물레질하는 것이 일상화됐지만, 그런데도 이 집 딸들은 좋은 음악을 즐길 시간은 따로 마련하고 있었다. 두 딸 모두는 즐겨 피아노를 치고 노래도 불렀다. 최근 작곡가들은 몰라도 헨델이나 바흐, 하이든, 모차르트 같은 작곡가들은 친숙했다.

　숙모가 벌떡 일어나더니 나에게로 달려오셨고, 딸들은 하던 바느질을 마저 마치고 나서 나에게 악수를 청했다. 놀랍게도 그들은 나를 아주 귀한 손님처럼 대접하며 화려한 응접실로 안내했다. 숙모는 내가 극구 사양했는데도 와인 한 잔과 과자를 내놓으시며 내 맞은편의 멋진 의자에 앉았다. 딸들은 밖에서 계속 일을 했다.

　마음씨 고운 우리 어머니가 어제 면제해 주신 시험의 일부가 오늘 내게 닥쳐왔다. 하지만 나는 내가 잘 알지도 못하는 걸 미사여구를 동원해 그럴싸하게 표현할 생각은 없었다. 숙모는 이름난 설교사의 신상에 관해 무척 관심이 많으셨다. 숙모는 내가 살았던 각 도시의 교회와 설교사에 관해 이것저것 자세하게 물었다. 몇 가지 사소한 가슴 아픈 일들은 그런대로 넘겨 버릴 수 있었으나, 십 년 전에 작고한 유명한 주교, 그의 죽음에 관해서는 숙모와 내가 함께 애석해했다. 그분이 살아 계셨더라면 슈투트가르트에서 그분의 설교를 들을 수 있었을 텐데, 참으로 아쉬웠다.

이어서 나의 운명과 경험, 장래에 관한 이야기로 화제가 옮아갔다. 우리는 내가 행운아고, 내 앞날에 탄탄대로가 열려 있다는 데 의견을 같이했다.

"육 년 전엔 상상도 못 했던 일이야."

숙모가 말했다.

"그때 제가 그렇게 형편없는 인간이었나요?"

나는 묻지 않을 수 없었다.

"그 정도는 아니었지, 아니야. 하지만 너희 부모님은 너 때문에 걱정 많이 하셨어."

'저 역시 —' 하고 말하고 싶었지만, 가만히 생각해 보니 숙모의 말씀이 맞았다. 그 밖에도 나는 그 당시의 일을 다시 왈가왈부하고 싶지 않았다.

"맞는 말씀이에요."

나는 짧게 대답하고 진지하게 고개를 끄덕였다.

"여러 가지 직업을 가져 봤겠구나?"

"예, 물론이죠, 숙모. 제가 가졌던 직업 어떤 것에 대해서도 후회는 없어요. 제가 지금 가지고 있는 직업도 오래가지는 않을 거예요."

"아니, 그게 정말이냐? 그렇게 좋은 직장에 다니면서? 이백 마르크에 가까운 월급을 받지 않니? 그건 젊은 사람이 받는 월급으로는 굉장한 액수야."

"그게 얼마나 오래갈지 누가 알겠어요, 숙모?"

"그런 말이 어디 있어! 네가 성실하게만 일하면 얼마든지 오래 다닐 수 있는 것 아니겠니?"

"그래요, 그렇게 되길 우리 함께 기원해요. 그럼 이제 리디아 할머니께 올라가 봐야겠어요. 그리고 숙부 사무실에도 들러 봐야죠. 그럼 또 뵈어요, 베르타 숙모."

"그래, 잘 가거라. 반가웠다. 다음에 또 놀러 와라!"

"예, 그럴게요."

거실에서 나는 두 처녀와 작별 인사를 하고, 방문 앞에서 다시 숙모에게 인사를 건넸다. 그러고 나서 널찍하고 밝은 계단을 올라갔다. 지금까지 나는 이 집에서 옛날 공기를 마신 것 같았는데, 이제는 훨씬 더 케케묵은 공기를 마시러 가는 기분이었다.

당고모할머니는 위층 방 두 개를 차지하고 계셨다. 할머니는 옛날 방식으로 우아하고 정중하게 나를 맞아 주셨다. 할머니 방에는 수채 물감으로 그린 조상님들의 초상화가 걸려 있었고, 유리구슬이 박힌 식탁보가 있었다. 그 밖에도 꽃다발과 풍경을 수놓은 주머니와 타원형 액자가 있었고, 백단 목재와 오래된 향료의 향기가 은은하게 풍겼다.

리디아 당고모할머니는 아주 단출한 진보랏빛 옷을 입으셨다. 근시안이라는 점과 머리를 조금 흔드는 것 말고는 할머니는 놀라우리만치 쌩쌩하고 젊어 보였다. 할머니는 좁은 소파로 나를 끌고 가 앉히고는, 할아버지 세대의 이야기 대신에 내 인생과 세계관에 관해 물으셨다. 할머니는 세상일 모두에 관심과 흥미가 많았다. 그렇게 연로하시고, 그렇게 까마득한 조상 냄새를 풍기는데도, 할머니는 이 년 전까지만 해도 종종 여행을 다니셨다. 요즘 세상에 관해서도 할머니가 긍정적으로 다 받아들이는 것은 아니지만, 호의적이고 분명한 생각을 가지고 계셨다. 나아가 할머니는 당신의 생각을 즐겨 재충전하시고 보완하시기까지 했다. 게다가 할머니는 언어도 우아하고 사랑스럽게 구사하셔서, 누구나 할머니 옆에 앉으면 끊임없이 이어지는 이야기에 매료되어 시간 가는 줄 모를 정도였다.

방을 나올 때 할머니는 나에게 키스하시며, 누구에게서도 볼 수 없었던 제스처로 나를 축복해 주셨다.

나는 마테우스 숙부를 사무실로 찾아뵈었다. 숙부는 신문과 카탈로그를 읽고 계셨다. 내가 곧 나갈 생각으로 의자에 앉지 않고 서 있자 숙부는 굳이 앉기를 권하지 않았다.

"다시 고향에 돌아온 거냐?"

숙부가 말했다.

"예, 돌아왔어요. 오래 떠나 있었죠."

"잘 지낸다면서?"

"아주 잘 지내요. 고맙습니다."

"숙모에게도 인사를 해야지, 안 그래?"

"벌써 인사드렸어요."

"그래, 잘했다. 그럼 볼일 봐라."

숙부는 다시 고개를 숙여 책을 보시며 손을 내밀었다. 숙부가 내민 손이 어느 정도 방향을 맞추었기에 나는 얼른 악수하고 흐뭇한 기분으로 밖으로 나왔다.

이것으로 공식 방문 일정을 마치고 식사를 하러 집으로 왔다. 영광스럽게도 쌀밥과 송아지 구이가 나왔다. 식사를 마치자 동생 프리츠가 나를 끌고 조그만 자기 방으로 갔다. 그의 방에는 내가 예전에 채집한 나비들이 유리 상자에 담겨 벽에 걸려 있었다. 여동생이 함께 이야기하고 싶어 문틈으로 얼굴을 들이밀었으나 남동생이 안 된다는 손짓을 하며 말했다.

"안 돼, 비밀 얘기야."

그는 내 얼굴을 찬찬히 살피고는 내 얼굴에서 어지간히 긴장된 표정을 읽어 냈는지 침대 밑에서 상자를 하나 꺼냈다. 상자 뚜껑은 양철 조각으로 싸여 있었는데, 몇 개의 묵직한 돌멩이로 눌려 있었다.

"이 속에 뭐가 들어 있는지 맞혀 봐."

그가 짓궂은 음성으로 나지막하게 말했다.

나는 옛날 우리가 즐겼던 장난과 놀이들이 생각나 '도마뱀!'이라고 말했다.

"아니야."

"뱀?"

"틀렸어."

"그럼, 애벌레?"

"아니야, 생물이 아니야."

"아니라고? 그럼, 왜 상자를 그렇게 조심스럽게 다뤄?"

"애벌레보다 더 위험한 물건이야."

"위험하다고? 아하, 화약이로구나?"

대답 대신에 동생은 상자 뚜껑을 열었다. 상자 속에는 여러 종류의 화약 꾸러미와 목탄, 뇌관, 도화선, 유황 덩어리, 질산칼륨 그리고 쇳가루가 담긴 갑이 들어 있었다. 상자는 어엿한 무기고였다.

"자, 봤지? 어때, 형?"

사내아이 방에 이런 것들이 담긴 상자가 있다는 것을 아셨다면, 아버지는 하룻밤도 잠을 제대로 주무시지 못할 거라는 사실을 나는 잘 알고 있었다. 하지만 나를 놀라게 한 것이 기쁜 나머지 프리츠가 만면에 미소를 띠는 통에, 나는 아버지의 걱정에 대해서는 변죽만 울리고, 곧 동생의 설득에 넘어가 줬다. 왜냐하면 나 자신이 이미 도덕적으로 공범이 되어 있었기 때문이다. 나는 하루의 일과를 끝낸 수습공처럼 화약 놀이가 즐거웠다.

"같이할 거지?"

프리츠가 물었다.

"물론이지. 그래, 이따가 밤에 정원에 나가서 여기저기 터뜨려 보면 좋겠다, 안 그래?"

"그렇고말고. 얼마 전에 바깥 풀밭에서 폭약 반 파운드를 폭발시켜 봤는데, 지진이 난 것처럼 요란하더라고. 그런데 이제 돈이 다 떨어졌어. 아직 필요한 게 여러 가지 있는데."

"내가 일 탈러 줄게."

"형, 멋쟁이! 그럼 로켓하고 폭죽도 만들 수 있어."

"하지만 조심해야 해, 알았지!"

"조심해야지! 하지만 난 아직 한 번도 실수한 적 없어."

이 말은 내가 열네 살 때 화약 놀이를 하다가 실수하는 통에 하마터면 눈이 멀고 목숨까지도 잃을 뻔했던 사건을 은연중에 떠올리게 하는 말이었다.

동생은 나에게 저장품과 최근에 만들기 시작한 것들을 보여 주고, 새로 실험한 것과 고안한 것 몇 가지에 관해 설명했다. 그리고 나에게 다른 몇 가지를 시연해 줄 건데, 잠깐 동안만 비밀에 부쳐 달라는 말로 내 호기심을 자극했다. 그러는 사이 점심시간이 지나고 동생은 다시 작업을 하러 갔다. 나는 그가 나가자마자 그 비밀 상자의 뚜껑을 덮고서 침대 밑에 밀어 넣었다. 그때 로테가 아빠와 함께 산책하자며 나를 데리러 왔다.

"네가 보기에 프리츠는 어떻더냐?"

아버지가 물으셨다.

"많이 자랐지, 안 그러냐?"

"예, 그래요."

"많이 점잖아지기도 하고, 그렇지? 이제 철이 들기 시작하는가 보다. 그러고 보니까 이제 너희들 모두 어른이 되었구나."

그런대로 아버지 말씀이 맞는다는 생각이 들면서도, 한편으로는 조금 부끄러웠다. 오후의 날씨는 화창했다. 밀밭에는 양귀비가 빨갛게 불타오르고, 선옹초가 활짝 웃고 있었다. 우리는 천천히 산책하며, 줄곧 유쾌한 얘기들을 나누었다. 낯익은 길들과 숲 언저리, 과수원들이 나에게 인사를 하고, 손짓을 했다. 옛 시절이 다시 생생하게 떠오르며, 그땐 모든 게 아름답고 완벽했던 것처럼 거룩하고 빛나 보였다.

"오빠한테 물어볼 게 있어."

로테가 말을 꺼냈다.

"이삼 주 동안 내 친구를 집으로 초대할 생각이야."

"어디서 오는데?"

"울름에서. 나보다 두 살 위야. 오빠 어떻게 생각해? 이제 오빠가 집에 왔으니까 오빠 마음에 달렸어. 그 애가 오는 게 귀찮으면 솔직하게 말해도 돼.”

"대체 어떤 여잔데?"

"교사 자격시험을 치르고…….”

"와아, 그래!”

"와아, 그래가 아니라니까. 멋진데다가 공부벌레도 아니야. 아니고말고. 선생님도 되지 않았어.”

"왜 안 한 거지?”

"오빠가 직접 물어봐.”

"그러니까 그 여자가 오는 거니?”

"바보! 오빠한테 달렸다고 했잖아. 오빠가 우리끼리만 있기를 원한다면 그 친구한테 나중에 오라고 할게. 그래서 묻는 거야.”

"단추를 세서 예, 아니오를 결정해야겠다.”

"그냥 좋다고 말해.”

"그래, 좋아.”

"그럼 오늘 당장 편지를 써야겠어.”

"내 인사도 전해 줘.”

"걔는 그런 거 별로 좋아하지 않아.”

"그런데, 그 여자 이름이 뭐니?”

"안나 암베르크.”

"암베르크, 예쁜 이름이구나. 안나는 성녀 이름이긴 한데, 좀 그렇다. 짧게 부를 수가 없단 말이야.”

"아나스타지아란 이름이면 좋겠어?”

"그래, 그 이름은 스타지 혹은 스타젤이라고 줄여 부를 수가 있잖아."

그러는 동안 우리는 마지막 산마루에 도달했다. 산마루는 촘촘히 굴곡을 이루며 길게 뻗어 있었다. 여기서 바위 너머로 내려다보니 급경사 때문에 길이가 한참 짧아 보이는 들판 ― 이 들판은 우리가 올라온 들판이다 ― 너머로 좁은 골짜기 깊숙한 곳에 시내가 펼쳐졌다. 우리 뒤로는 파도처럼 굽이치는 대지의 먼 곳에 검은 전나무 숲이 보였다. 전나무 숲은 여기저기 널려 있는 좁다란 잔디밭과 밀밭으로 끊겨 있었는데, 밀밭은 검푸른 숲 여기저기서 강렬한 빛을 발하고 있었다.

"여기보다 전망이 더 좋은 곳은 없을 것 같아요."

나는 정색을 하고 말했다.

아버지가 엷게 웃으시며 나를 쳐다봤다.

"여기가 네 고향이야, 얘야. 정말 아름다운 곳이지."

"아빠의 고향은 더 아름다운가요?"

"아니다. 하지만 어린 시절에는 모든 게 다 아름답고 성스럽지. 너 고향이 그립지 않더냐?"

"그럴 리가요, 무척 그리웠어요."

멀지 않은 곳에 내가 어린 시절에 이따금 부리울새를 잡던 숲이 보였고, 조금 더 떨어진 곳에는 우리 어린애들이 그 시절 돌로 쌓은 요새의 흔적이 아직도 남아 있었다. 그곳에 가 보고 싶었지만 아버지가 피곤해하셔서 잠시 휴식을 취한 뒤, 우리는 다른 길을 통해 산을 내려왔다.

헬레네 쿠르츠에 관해 알고 싶은 것이 좀 더 있었지만, 속이 들여다보일까 봐 물어볼 용기가 나지 않았다. 고향에 와서 편히 쉬면서, 일에서 해방된 몇 주의 휴가를 자유롭게 보낼 수 있다는 생각에, 내 젊은 가슴은 문득 사랑에 대한 동경이 일기 시작했다. 문제는 이 동경을 실현해 줄 적당한 출구가 필요한데, 나에게는 바로 그 출구가 마련돼 있지 않았다. 마음속으로는 아름다운 그 처녀의 모습을 수차 그려 보지만, 막상 그녀와 그녀의 근황을 물어보기가 여간 쑥스러운 게 아니었다.

천천히 집으로 돌아오는 길에 우리는 들꽃을 모아서 커다란 꽃다발을 만들었다. 이렇게 꽃다발을 만드는 일은 숙련된 솜씨가 필요했지만, 나는 오랫동안 고향을 떠나 있어서 손에 익지 않았다. 우리 집에는 어머니로부터 시작된 전통이 하나 있었는데, 각 방에 화분뿐만 아니라 모든 탁자와 장 위에다 싱싱한 꽃다발을 꽂아 놓는 것이다. 우리 집은 여러 해에 걸쳐 평범한 꽃병과 유리잔 그리고 항아리를 수없이 모아 왔다. 그래서 우리 형제는 산책에서 돌아오는 길에는 꽃이나 양치류 또는 나뭇가지를 거의 매번 꺾어 왔다.

생각해 보니 나는 수년 동안 들꽃을 전혀 보지 못한 것 같았다. 들판을 거닐면서 초록의 바다에 떠 있는 색채의 섬, 들꽃을 화가와 같은 다정한 시선으로 바라보면 들꽃은 달리 보인다. 무릎을 꿇고 허리를 숙여 들꽃을 살펴보고, 가장 아름다운 꽃을 골라 딸 때면 들꽃은 달리 보인다. 나는 풀 속에 숨은 조그만 화초 한 포기를 찾아냈다. 이 화초의 꽃을 보니 초등학교 다닐 때 소풍을 갔던 기억이 떠올랐다. 그 밖에 다른 들꽃도 찾아냈는데, 이 꽃은 어머니가 유난히 좋아하시던 꽃으로, 어머니가 직접 고안해 붙여 준 특별한 이름을 지닌 꽃이었다. 어린 시절에 보던 꽃들이 아직도 모두 거기에 있었으며, 이 꽃들을 볼 때마다 매번 유년 시절이 떠올랐다. 파랗고 노란 꽃받침을 볼 때마다 즐거운 내 유년 시절이 눈앞으로 바짝 다가와, 유난히 사랑스러운 시선으로 나를 바라봤다.

　우리 집에는 홀이라 불리는 방이 하나 있었는데, 이곳에는 거친 전나무 목재로 만든 키 높은 책장이 여러 개 있었다. 책장에는 할아버지 때부터 전해 내려온 장서들이 정리되지 않은 채 방치되어 여기저기 아무렇게나 꽂혀 있거나 널브러져 있었다. 소년 시절에 나는 이 책장에서 재미있는 목판화가 삽입된 색 바랜 『로빈슨 크루소』와 『걸리버 여행기』를 찾아내서 읽었다. 그리고 옛날 항해사와 탐험가 이야기도 찾아냈고, 그 후에는 『지크바르트, 수도원 이야기』나 『신 아마디스』, 『베르테르의 고뇌』 그리고 오시안 시리즈와 같은 순수 문학 작품을 찾아냈고, 다음으로 장 파울, 슈틸링, 월터 스코트, 플라텐 그리고 발자크와 빅토르 위고도 찾았다. 그 밖에도 책장에는 라바터의 인상학과 갖가지 아담한 연감과 포켓판 책들 그리고 민속 달력이 있었다. 그리고 오래된 호도비에키의 동판화와 동판화보다 더 오래된 루드비히 리히터의 삽화가 들어 있었으며, 스위스의 디스텔리의 목판화가 들어 있었다.

　음악 연주를 안 하거나 프리츠와 함께 화약 상자에 열중하지 않는 저녁이면, 나는 이 책의 보고에서 책 한 권을 꺼내 내 방으로 가져와 누렇게 변한 책장을 넘기며 파이프 담배 연기를 내뿜었다. 이 책은 조부모님께서 무척이나 좋아하셨을 테고, 책장을 넘기실 때마다 조부모님은 한숨을 쉬고, 깊은 생각에 잠기셨을 것이다. 장 파울의 『거인』 중 한 권은 동생이 화약 놀이에 사용하기 위해 몽땅 찢어서 없애 버렸다. 내가 처음 두 권을 읽고 3권을 찾자, 동생은 자기가 한 짓이라고 이실직고하고는, 그 책은 어차피 흠집이 많았던 책이라고 변명을 해 댔다.

이런 저녁은 언제나 아름답고 유쾌했다. 우리는 노래하고, 로테와 프리츠는 피아노와 바이올린 연주도 했다. 어머니는 당신의 어린 시절에 있었던 이야기를 해 주셨고, 폴뤼는 새장 속에서 플루트를 연주하며 잠자리에 들기를 거부했다. 아버지는 창가에서 쉬시거나, 어린 조카들을 위해 그림책에 열중하고 계셨다.

어느 날 저녁에 헬레네 쿠르츠가 다시 와서 반 시간가량 이야기를 나누고 갔다. 내게는 그녀의 방문이 전혀 방해가 되지 않았다. 그녀를 바라볼 때마다 그녀가 아름다운 숙녀가 되었다는 것이 새삼 놀랍기만 했다. 그녀가 왔을 때는 아직 촛불이 타고 있었다. 그녀와 이중창을 함께 불렀는데, 나는 그녀의 가라앉은 음성을 듣기 위해 일부러 소리를 낮췄다. 그녀 뒤에 서서 그녀의 갈색 머리카락 사이로 촛불이 황금빛으로 타오르는 것을 보았다. 그녀의 어깨가 노래를 부를 때마다 가볍게 흔들리는 것을 보며, 그녀의 머리를 가볍게 한번 쓰다듬어 봤으면 좋겠다는 생각이 들었다.

나는 내가 이미 성년식을 치른 이후에 그녀를 사랑한 적이 있었기 때문에, 예전부터 그녀와 모종의 연결이 이루어져 있다는 뚱딴지같은 생각을 하고 있었다. 그래서 그녀의 무덤덤한 호의가 내게는 약간 실망스러웠다. 그도 그럴 것이 그녀와의 관계는 매번 내 쪽에서 일방적으로 설정한 것으로, 그녀 쪽에서는 전혀 모르는 일이었다는 사실을 내가 잊고 있었기 때문이다.

그녀가 떠날 때 나는 중절모를 챙겨 들고 유리문까지 따라 나갔다.

"안녕히 계세요."

그녀가 말했다. 나는 그녀가 내민 손을 잡는 대신에 말했다.

"집까지 바래다 드릴게요."

이 말에 그녀는 웃었다.

"아, 고맙습니다. 하지만 그러실 필요 없어요. 이 지방 법도에도 많이 어긋나는 일이고요."

"그래요?"

나는 그녀가 문을 나가도록 비켜섰다. 그때 여동생이 푸른 띠를 두른 밀짚모자를 들고 큰 소리로 말했다.

"나도 함께 갈게."

우리 셋은 계단을 내려갔다. 나는 부지런히 앞서 나가 육중한 대문을 열었다. 밖은 땅거미가 깔리고 있었다. 우리는 천천히 시내를 지나 다리와 시장 광장으로 걸어갔다. 그러고는 헬레네의 집이 있는 교외의 언덕길 쪽으로 발걸음을 옮겼다. 두 처녀는 찌르레기처럼 재잘댔다. 나는 둘이 이야기하는 것을 들으며 이들과 함께 있다는 것이, 트리오가 되었다는 것이 무척이나 즐거웠다. 이따금 날씨를 보는 척하며 나는 일부러 걸음을 늦춰 한 발짝 뒤로 물러서서 그녀를 바라보았다. 날렵하고 하얀 목덜미 위에서 그녀의 머리가 유연하게 흔들리는 가운데, 그녀는 날씬한 다리를 일정하게 내디디며 활발하게 걷고 있었다.

집에 당도하자 그녀는 우리에게 악수를 청하고 안으로 들어갔다. 나는 그 집 문이 닫히기 전 컴컴한 현관에서 그녀의 모자가 반짝이는 것을 보았다.

"오빠, 쟤 참 예쁜 애야, 그렇지? 어딘가 매력이 있어."

로테가 말했다.

"그래 맞아 — 그런데 네 친구는 어떻게 됐어? 곧 오는 거야?"

"어제 편지 보냈어."

"응, 그래. 우리 왔던 길로 다시 갈까?"

"글쎄, 정원 길로 가도 좋을 텐데, 안 그래?"

우리는 정원 울타리 사이의 좁다란 길을 걸었다. 날씨는 이미 어두워졌다. 낡아서 위태위태한 통나무 계단이 많았고, 울타리의 썩은 나뭇가지들이 비죽비죽 나와 있었기 때문에 조심하지 않으면 안 되었다.

어느새 우리 집의 정원 근처에 와 있었다. 정원 건너편에 있는 우리 집 거실의 등이 길게 타오르는 것이 보였다.

그때 '쉿! 쉿!' 하는 나직한 음성이 들려와 여동생이 겁을 먹었다. 그건 프리츠의 목소리였다. 그는 그곳에 숨어서 우리를 기다렸다.

"조심해, 거기 그냥 서 있어!"

그가 우리 쪽을 향해 외쳤다. 그러고 나서 성냥으로 심지에 불을 붙인 후 우리 쪽으로 왔다.

"또 불꽃 장난이야?"

로테가 나무랐다.

"이건 폭음이 거의 나지 않아. 잘 봐, 내가 발명한 거니까."

프리츠가 장담했다.

우리는 심지에 불이 붙을 때까지 기다렸다. 드디어 뿌지직뿌지직 소리가 나더니 습기 먹은 화약처럼 작은 불꽃이 어쭙잖게 분출했다. 프리츠는 기뻐서 어쩔 줄 몰라 했다.

"이제 나온다, 곧 나와. 처음에는 흰 불꽃이 나오고, 그다음엔 작은 폭음이 들려. 이어서 붉은 불꽃이 나오고, 마지막으로 붉은 불꽃이 멋지게 솟아오른단 말이야!"

하지만 그가 말한 것처럼 되지는 않았다. 몇 번 움찔움찔하며 불꽃이 튀다가 갑자기 대기를 뚫는 강력한 폭발음이 울리더니 프리츠가 말한 장관은 하얀 연기와 더불어 공중으로 날아가 버렸다.

로테는 웃었고 프리츠는 시무룩한 표정을 지었다. 내가 프리츠를 위로하는 사이, 짙은 화약 연기가 어두운 정원 위로 천천히 그리고 장엄하게 사라져 갔다.

"푸른 불꽃은 그런대로 볼 만했어."

프리츠가 입을 열었다. 내가 그의 말에 동조하자, 그는 거의 울상이 되어 자기가 고안한 멋진 불꽃의 구조와 그 실현 과정을 설명했다.

"우리 다시 한번 해 보자!"

내가 말했다.

"내일 할까?"

"아니야, 프리츠. 다음 주에."

나는 내일이라고 말할 수도 있었다. 하지만 내 머리는 온통 헬레네 쿠르츠 생각으로 가득 차 있었다. 나는 내일쯤 무언가 좋은 일이 생길 거라는 망상에 사로잡혀 있었다. 어쩌면 그녀가 내일 저녁에 다시 오거나, 그녀가 갑자기 나를 좋아할 수도 있을 거라고 말이다. 그때 나는 세상의 그 어떤 불꽃놀이보다도 더 중요하고 가슴 떨리는 일에 정신을 쏟고 있었다.

우리는 정원을 지나 집으로 들어섰다. 거실에서 어머니와 아버지가 보드게임을 하고 계셨다. 이런 광경은 모두가 단순하고 당연하고 전혀 달라질 수 없는 것이다. 그런데 지금은 달리 보였다. 오늘은 이 모두가 까마득히 멀게만 보였다. 오늘은 예전의 그 고향이 내게서 사라졌다. 옛집과 정원, 베란다,

커다란 새장에 있는 앵무새, 사랑스러운 옛 도시 그리고 계곡 일체가 나에게 낯설어졌고, 더 이상 내 것이 아닌 것처럼 생각되었다. 어머니와 아버지는 돌아가시고, 어린 시절의 고향은 기억 속에만 있고, 향수만 불러일으켰다. 고향으로 가는 길이 내게는 더 이상 존재하지 않았다.

밤 열한 시가 가까웠지만 나는 장 파울의 두꺼운 책에 열중하고 있었다. 조그만 석유등이 흐릿해지기 시작했다. 불꽃이 가늘게 떨리면서 불안한 듯 바작거렸다. 그러더니 불꽃은 붉은색을 띠고 그을음을 풍겼다. 등잔을 살펴보고 심지를 당겨 올렸으나 석유가 바닥이 나 있었다. 읽고 있던 재미있는 소설을 마저 못 읽어 아쉬웠지만, 어두운 집을 이리저리 돌아다니며 석유를 찾는 것도 귀찮은 일이었다.

그래서 나는 연기가 자욱한 등을 끄고 내키지 않는 기분으로 침대에 들어갔다. 밖에서는 훈훈한 바람이 전나무와 라일락나무 숲을 부드럽게 스치고 지나갔다. 풀이 무성한 아래쪽 정원에서 귀뚜라미가 울어 댔다. 나는 잠을 이룰 수가 없었다. 헬레네가 자꾸 떠올랐다. 아름답고 매력적인 처녀를 동경에 찬 눈으로 바라보는 것은 고통과 기쁨을 동반했다. 하지만 그렇게 바라보는 수밖에 달리 뾰족한 방법이 없다는 생각에 나는 기분이 울적했다. 그녀의 얼굴과 낮게 깔린 그녀의 음성을 떠올리면, 그리고 그녀의 걷는 모습, 그날 저녁 길을 건너 시장 광장으로 걸어간 그녀의 안정되고 활발한 걸음걸이를 떠올릴 때마다 얼굴이 화끈거리고 자신이 비참하다는 생각이 들었다.

마침내 나는 자리에서 벌떡 일어났다. 온몸이 화끈거리고 마음의 안정을 찾을 수 없어 잠을 이룰 수가 없었다. 창가로 가서 밖을 내다봤다. 새털구름들 사이에서는 희미하게 조각달이 유영하고 있었고, 정원에서는 아직도 귀뚜라미가 울고 있었다. 한 시간 정도 밖으로 나가 돌아다니고 싶은 생각이 간절했지만, 우리 집에서는 열 시만 되면 문이 잠겼다. 열 시 이후에 문을 사용해야 하는 일이라도 생기면, 이는 우리 집에서는 보통 일이 아니며, 집 안 분위기를 깨는 모험적인 사건이 되고 만다. 게다가 나는 집 열쇠가 어디에 있는지도 모르지 않는가.

그때 문득 지난날의 기억들이 떠올랐다. 미성년 시절 나는 이따금 부모와 함께하는 생활이 노예 생활이라는 생각이 들었다. 그 때문에 반항심이 생겨 양심의 가책을 느끼면서도 한밤중에 집을 빠져나가 주점에서 맥주 한 잔을 마시는 모험을 감행하곤 했다. 당시 나는 빗장만 질러 놓은 뒷문을 이용해 정원으로 나와 울타리를 넘었다. 그러면 이웃집 정원들 사이에 좁은 계단이 나오고, 그 계단을 지나 큰길에 이르렀다.

나는 바지만 챙겨 입었다. 날씨가 포근해서 더 이상 옷을 걸칠 필요가 없었다. 신발을 손에 든 채 맨발로 집을 나와 울타리를 넘었다. 계곡 위쪽을 향해 강을 따라 잠든 도시를 천천히 걸었다. 나직하게 소리 내며 흐르는 강에서 조그만 달그림자들이 아롱아롱 춤을 추고 있었다.

침묵하는 하늘을 이고 조용히 흐르는 강물을 따라 한밤중에 혼자 거닐어 보면, 영혼을 송두리째 흔드는 신비로운 느낌을 받게 된다. 이때 우리는 인간의 근원에 보다 가까이 다가서게 된다. 우리는 동물뿐 아니라 식물과도 동질성을 느끼게 되고, 태곳적 삶에 대한 어렴풋한 기억을 떠올리게 된다. 집들과 도시들도 아직 건설되지 않고, 거처 없이 떠도는 인간이 숲과 강산, 늑대와 보라매를 자기와 동류로 사랑하거나, 숙적으로 미워할 수 있었던 그 시대의 기억을 말이다. 또한 밤은 공동체 생활에 익숙한 우리의 정서도 바꾸어 버린다. 빛이 사라지고 인간의 목소리가 더 이상 들리지 않게 되면, 아직 잠들지 않은 사람은 고독을 느끼고 홀로 있는 자신을 보게 되며, 오로지 자신만을 의지하게 된다. 어쩔 수 없이 홀로 있어야 하고, 홀로 살아야 하고, 공포와 죽음을 홀로 맛보고 감내해야 한다는 생각, 인간으로서 갖게 되는 가장 무서운 생각에 접하게 되면, 그런 생각을 할 때마다 우리는 건강하거나 젊은 사람의 경우에는 자기 인생의 어두운 그림자와 경종을 떠올리고, 병약자의 경우에는 무시무시한 전율을 느낀다.

나 또한 지금 그런 느낌을 어느 정도 받은 것 같다. 울적했던 마음이 사라지고 조용히 주위를 관찰하는 사람이 된 거다. 아름답고 고혹적인 헬레네는 결코 나와 비슷한 감정을 가지고 내가 그녀를 생각하는 것처럼 나를 생각하지 않을 것이라는 생각에 나는 괴로웠다. 하지만 나는 응답 없는 사랑의 상처로 내가 파멸하지는 않으리라는 것도 잘 알고 있었다. 나는 신비에 가득한 인생이, 젊은 청년이 휴가 기간에 겪는 고통보다 한결 어두운 심연과 짓궂은 운명을 은폐하고 있다는 것을 어렴풋이나마 감지하고 있었다.

그런데도 흥분된 내 피는 아직 뜨거웠고, 포근한 바람결이 나도 모르게 나를 어루만지는 것 같았는가 하면, 처녀의 갈색 머리카락처럼 느껴지기도 했다. 나는 밤늦게 돌아다니면서도 피곤한 줄 몰랐고, 졸리지도 않았다. 잿빛 건초 밭을 지나 강으로 내려가서 단출한 옷을 벗어 던지고 차가운 물속으로 뛰어들었다. 하지만 빠른 물살 때문에 떠내려가지 않기 위해 곧 강물과 힘든 싸움을 벌여야 했다. 십오 분가량 물살을 거슬러 수영을 했다. 시원한 강물과 더불어 내 몸의 열기와 내 맘의 슬픔이 씻겨 갔다. 시원해진 몸으로 피로를 약간 느끼면서 젖은 채로 나는 옷을 찾아서 재빨리 입었다. 그러고는 발걸음도 가볍게 집으로 돌아와 편안하게 잠자리에 들었다.

이렇게 처음 며칠을 긴장 속에서 보낸 뒤 나는 점차 고향 본디의 삶, 즉 조용한 일상으로 젖어 들어갔다. 고향 밖에서 그동안 나는 이 도시 저 도시를 떠돌며 여러 계층의 사람을 만났고, 일과 꿈, 공부와 음주의 밤을 넘나들었으며, 때로는 빵과 우유로 때로는 독서와 담배로 소일했다. 얼마나 변화무쌍한 삶이었던가! 그런데 이곳 고향은 십 년 전, 이십 년 전과 똑같았다. 여기서는 하루와 일주일이 매번 밝고 조용했으며, 한결같은 음조로 흘러갔다. 타향 사람이 되어 분주하고 다양한 삶에 익숙해졌던 나였다. 그런데 언제 그랬느냐는 듯이 다시 이곳 생활에 적응했다. 그리고 수년 동안 잊고 살았던 사람들과 사물들에 관심을 갖게 되면서 타향살이에 대한 미련도 완전히 떨쳐 버렸다.

시간은 그리고 날들은 여름 구름과 같이 가볍게 흔적 없이 지나갔다. 매 순간이 다채로운 그림 같았고, 매 순간을 한가롭게 가슴 뿌듯한 기분으로 보냈다. 그리고 매 순간이 반짝반짝 빛났는가 하면 꿈결 같은 여운을 남기기도 했다. 나는 정원에 물을 주고, 로테와 노래를 부르고, 프리츠와 화약 놀이를 했으며, 어머니와는 낯선 도시들에 관해 그리고 아버지와는 세상사에 관해 이야기를 나누었다. 나는 괴테를 읽고, 야콥센을 읽었다. 이렇게 한 가지에서 또 다른 한 가지로 넘어갔으며, 이것들은 서로 마찰 없이 조화를 잘 이루었다. 딱히 어떤 것에 중점을 두지는 않았다.

굳이 말하자면 그 당시 헬레네 쿠르츠가 내 마음 한가운데를 차지하고 있었던 것 같았다. 나는 그 여자를 경탄의 눈으로 바라보고 있었다. 하지만 그것도 다른 것들과 마찬가지로 잠시 내 마음을 흔들다가 다시 얼마 안 있어 사라졌다. 내 생활 감정은 항상 즐겁게 숨을 쉬고 있었다. 그것은 마치 잔잔한 물에서 목적지 없이 힘들이지 않고 한가롭게 수영하며 노니는 사람의 감정과 같았다. 숲속에서 어치가 소리 지르고 산딸기가 무르익고, 정원에서는 장미와 불타오르는 금련화가 만개했다. 이것들을 관심 있게 바라보며, 세상이 화려하다고 느꼈다. 언젠가 내가 진짜 어른이 되고 나이가 들어 분별력이 높아진다면 이것들을 어떻게 보게 되는지도 궁금했다.

어느 날 오후에 우리 도시로 커다란 뗏목이 흘러내려 왔다. 나는 뗏목 위로 뛰어올라 목재 더미 위에 몸을 눕혔다. 그렇게 몇 시간 동안 물결을 따라 몇몇 농장과 마을을 그리고 다리 밑을 몇 번 지났다. 내 위에서는 대기가 흔들리고 있었고, 나지막한 천둥이 무더운 구름을 만들어 내고 있었다. 내 밑에서는 시원스레 흐르는 강물이 뗏목을 때리고 물거품을 일구며 깔깔댔다. 그때 나는 쿠르츠가 나와 함께 이 뗏목 위에 있다면 얼마나 좋을까 하고 생각했다. — 그녀를 납치해서 뗏목에 태운다. 우리는 함께 손을 잡고, 여기서부터 네덜란드까지 물결 따라 흘러가면서 찬란한 세상을 바라본다 — 이런 상상을 했다.

계곡 한참 아래쪽에 이르러 나는 뗏목에서 뛰어내렸다. 그러나 발이 미치지 못해 물이 가슴까지 차오르는 물속에 빠졌다. 하지만 집으로 가는 길이 따뜻했기 때문에 몸에 달라붙은 옷이 모락모락 김을 내며 말랐다. 더러워진 옷에다 오래 걸어서 피곤해진 몸으로 시내에 도착해서 몇 집 지나지 않았을 무렵 붉은 블라우스를 입은 헬레네 쿠르츠를 만났다. 내가 모자를 벗고 인사를 건네자 그녀가 고개를 끄덕이며 인사를 받았다. 그 순간 나는 그녀가 내 손을 잡고 강줄기를 타고 함께 여행하면서 나에게 말을 트던 상상이 떠올랐다. 이날 밤 나는 다시 한번 깊은 절망감에 빠졌다. 나는 어리석은 설계자요 어리석은 점성술사라는 생각이 들었다. 그렇지만 나는 잠들기 전에 머리 쪽에 풀을 뜯는 노루 두 마리가 새겨진 예쁜 파이프를 피우며 열한 시까지 『빌헬름 마이스터』를 읽었다.

이튿날 저녁 여덟 시 반경에 나는 동생 프리츠와 함께 호호슈타인에 올라갔다. 우리는 무거운 상자를 번갈아 들었다. 그 속에는 강력한 불꽃 한 다스와 로켓 여섯 발 그리고 커다란 폭약 세 개, 기타 갖가지 사소한 부품들이 들어 있었다.

날씨는 포근했다. 푸르스름한 하늘에는 새털구름이 잔뜩 떠 있었는데, 이 구름들은 교회의 종탑과 산봉우리 위로 아름답게 서서히 흘러가며 이따금 희미한 별무리를 가리기도 했다. 호호슈타인에서 잠시 첫 휴식을 취하며 내려다보니 강을 낀 우리의 좁은 계곡에 모색이 창연했다. 시내와 가까운 거리에 있는 마을과 다리들 그리고 물방아의 둑과 숲을 끼고 흐르는 좁다란 강을 내려다보는 동안, 황혼의 정서에 젖은 나는 또다시 그 아름다운 처녀를 떠올렸다. 생각 같아서는 그녀를 꿈꾸며 달이 떠오르기를 혼자서 기다리고 싶었다. 하지만 그럴 수가 없었다. 내 뒤에서 동생이 이미 짐을 풀고 폭약 두 개를 꺼내 끈에 매달고 막대기에 묶어 내 귀에 바짝 대고 터뜨렸기 때문이다. 나는 깜짝 놀랐다.

프리츠가 좋다며 깔깔댔지만 나는 화가 좀 났다. 하지만 내가 곧 그의 웃음에 감염되어 같이 웃자 그가 만족해했다. 우리는 특별히 제조한 강력한 폭약 세 개를 연달아 터뜨렸다. 엄청난 폭발음이 계곡 위아래로 메아리를 울리며 서서히 번져 갔다. 땅 위에서 튀어 다니는 불꽃과 터지면서 사방으로 번지는 불꽃, 커다란 불바퀴가 불꽃을 터뜨렸다. 그리고 마지막으로 우리는 이미 캄캄해진 하늘을 향해 아름다운 로켓을 천천히 하나둘 연거푸 쏘아 올렸다.

"저렇게 멋진 로켓을 쏘아 올리는 것은 하나님에게 예배드리는 것 같아."
이따금 비유적인 표현을 즐겨 쓰는 동생이 이렇게 말했다.
"아니면 아름다운 노래를 부르는 기분이랄까. 그렇지 않아, 형? 정말 장관이야."

마지막 불꽃은 나무 기와집 정원의 심술궂은 개를 향해 던졌다. 개는 놀라서 날뛰며 십오 분가량 우리를 향해 사납게 짖어 댔다. 우리는 지저분한 장난을 즐긴 어린애들처럼 새까매진 손가락으로 기분 좋게 집에 돌아왔다. 어머니와 아버지에게 아름다운 저녁 나들이와 계곡의 전경 그리고 별이 빛나는 밤에 대해 자랑스럽게 이야기를 늘어놓았다.

어느 날 아침, 창문 벽감에 기대어 파이프를 깨끗하게 닦고 있는데 로테가 달려오더니 소리쳤다.
"오빠, 열한 시에 내 친구가 와."
"안나 암베르크 말이니?"
"그래, 우리 그 애 마중하러 가지 않을래?"
"그러지 뭐."

로테가 기다리던 손님 안나가 온다는 것에 대해서 나는 한 번도 생각해 본 적이 없었다. 그녀의 도착은 내게 별로 흥미가 없었다. 하지만 달리 어쩔 수 없어서 열한 시에 맞춰 나는 누이동생과 함께 역으로 갔다. 우리는 너무 일찍 나왔기 때문에 역 앞에서 서성거리며 기다렸다.

"아마 걔는 이등칸을 타고 올 거야."

로테가 말했다.

나는 믿기지 않는다는 시선으로 동생을 쳐다보았다.

"그럴 거야. 걔는 부잣집 딸이거든. 검소한 애이기는 하지만 — "

그 소리를 들으니 갑자기 몸이 오싹해 왔다. 그 순간 나는 버릇없는 태도와 거창한 여행 가방을 든 숙녀가 이등칸에서 내리는 장면을 떠올렸다. 그녀는 쾌적한 우리 집을 초라하다고 여길 것이며, 나를 보는 눈도 별로 달가운 눈이 아닐 것 같았다.

"이등칸을 타고 온다면 차라리 그냥 그 기차로 곧장 가라고 해. 알아들어?"

화를 내며 로테가 나를 나무라려는 순간 기차가 도착해서, 로테는 재빨리 기차 쪽으로 달려갔다. 나는 천천히 로테의 뒤를 따랐다. 그런데 로테의 친구는 삼등칸에서 내렸고, 회색 명주로 된 양산과 체크무늬 숄에 짐도 평범한 손가방 하나였다.

"우리 오빠야, 안나."

"안녕하세요."

나는 인사를 했다. 삼등칸에서 내리기는 했지만 그녀가 어떻게 생각할지 몰라, 나는 가벼운 그녀의 가방을 내가 직접 드는 대신에 짐꾼을 불러 넘겨 주었다. 그리고 나서 나는 두 처녀 옆에 서서 시내로 걸어갔다. 걷는 동안 두 사람이 어찌나 서로 할 말이 많은지 나는 놀랐다. 암베르크 양은 생각보다 마음에 들었다. 평균 이상으로 예쁜 얼굴이 아니어서 약간 실망은 했지만, 그 대신 그녀의 얼굴과 목소리는 어딘가 호감이 가는 것이 사람 마음을 편하게 했고 신뢰감을 줬다.

　어머니가 두 사람을 유리문 앞에서 맞이하는 모습이 아직도 눈에 선하다. 어머니는 사람 보는 눈이 탁월한 분이었다. 어머니가 일단 상대방의 얼굴을 유심히 살펴본 후 미소로 환영의 뜻을 표하면, 그 사람은 환대받는 날들을 보장받은 것이다. 나는 어머니가 암베르크의 눈을 쳐다보고 그녀에게 고개를 끄덕이시며 두 손을 내미는 광경을 지금도 생생하게 기억한다. 어머니는 말 없는 가운데 그녀가 금방 친근해지고 자기 집처럼 느끼도록 만들어 주셨다. 낯선 사람에 대해서 지레 겁을 먹었던 나는 이제 안심이 되었다. 그도 그럴 것이 암베르크는 어머니가 친절하게 내민 손을 군소리 없이 진심으로 받아들였고, 첫 순간부터 우리와 한 식구처럼 가까워졌기 때문이다.

　당시 내 젊은 시절의 지혜와 삶에 관한 지식만 가지고도 이 호감 가는 처녀가 순진무구하고 명랑한 성격을 타고났다는 것과, 인생 경험은 일천해도 훌륭한 친구임에는 틀림없다는 사실은 확인할 수 있었다. 많은 사람이 지니지 못한 명랑함, 곤경과 고통을 경험한 사람만이 획득할 수 있는 보다 고귀하고 소중한 명랑함이 있다는 것을 나는 알고 있었지만 직접 경험해 보지는 못했다. 그 때문에 진귀한 유화적 명랑함을 우리 손님이 지니고 있다는 사실을 나는 한동안 간파하지 못했다. 친구처럼 지내면서 인생과 문학에 관해 이야기할 수 있는 여자가 당시에 내 주위에는 없었다. 지금까지 내 여동생의 친구들은 연애 대상이거나 아니면 아예 내 관심 밖에 있는 사람들이었다. 그런데 이제 젊은 숙녀와 허물없이 지내고, 그녀와 남자 친구처럼 여러 가지 얘기를 허심탄회하게 주고받을 수 있다는 것이 나에게는 여간 새롭고 기분 좋은 일이 아니었다. 남자 친구처럼 허물없기는 했지만, 나는 그녀의 음성과 언어 그리고 사고방식에서 여성적인 것, 나를 포근하고 부드럽게 감싸 주는 여성적인 것을 느꼈다.

그 밖에도 나는 안나가 조용히 티 내지 않고 재치 있게 우리의 삶에 끼어들어 우리와 동류의식을 갖는 것을 보고 은근히 부끄러운 마음이 들었다. 그간 휴가 중에 우리 집에 손님으로 왔던 내 친구들은 어딘가 서먹서먹하고 이질감을 느끼게 했다. 나 자신만 해도 집에 온 처음 며칠간은 필요 이상으로 떠들어 대고 까다롭게 굴었다.

때로 나는 내가 안나를 함부로 대하도록 그녀가 내버려 둬서 놀라곤 했다. 심지어 대화 중에 내가 무례하게 굴어도 그녀는 마음 상하는 일이 없었다. 헬레네 쿠르츠라면 그녀와 반대였겠지! 그녀의 경우라면 나는 아무리 대화에 열을 올리더라도 공손하고 점잖게 말했을 것이다.

이즈음 헬레네가 여러 차례 우리 집에 왔다. 그녀는 내 여동생의 친구가 마음에 드는 듯했다. 언젠가 한 번은 숙부가 우리 모두를 자기 집 정원으로 초대했다. 커피와 과자 그리고 나중에는 구스베리 열매로 만든 와인도 나왔다. 막간에 우리는 어린애 같은 소소한 장난도 치고, 정원에서 돌아다니기도 했다. 정원길이 어찌나 깔끔하게 정돈되어 있던지 우리의 행동거지가 저절로 조심스러워졌다.

헬레네와 안나가 함께 앉아 있는 것을 보는 것도 그렇고, 동시에 내가 두 사람과 같이 이야기를 나누는 것도 기묘하기만 했다. 황홀하기 그지없는 헬레네 쿠르츠하고는 단지 피상적인 이야기를 나누면서도 나는 아주 정중한 어조로 말을 한데 반해, 안나와는 아주 흥미진진한 이야기를 나누면서도 흥분하거나 긴장되지 않았다. 그녀와 이야기를 나누면서 긴장이 풀리고 마음이 편안해져 그녀가 고맙게 느껴지면서도, 한편으로 나는 시선을 돌려 보다 예쁜 헬레네 쪽을 줄곧 곁눈질했다. 그녀를 바라보는 것만으로도 나는 행복했고, 다만 계속해서 바라볼 수 없다는 것이 아쉬울 뿐이었다.

가엽게도 내 동생 프리츠는 지루한 모양이었다. 과자를 다 먹고 난 뒤 그는 시시껄렁한 놀이 몇 가지를 제안했는데, 어떤 것은 받아들여지지 않았고, 어떤 것은 하다가 말았다. 그는 나를 한쪽으로 끌고 가더니, 재미없는 저녁이라고 한참 불평을 해 댔다. 내가 어깨를 으쓱하자, 그가 불꽃 화약을 주머니에 넣고 있다는 말로 나를 놀라게 했다. 그는 나중에 이 불꽃을 여자들이 여느 때와 같이 작별 인사를 질질 끌고 있을 때 터뜨릴 생각이라고 말했다. 만류에 만류를 거듭해서 나는 그의 계획을 단념시켰다. 그러자 그는 넓은 정원 맨 끝으로 가서 구스베리 나무 숲 바닥에 벌떡 드러누웠다. 나는 다른 사람들과 한통속이 되어 동생의 어린애 같은 투정을 그들과 함께 웃어 댐으로써 동생을 배반했다. 동생이 안됐다는 생각이 들었고, 동생의 그런 행동을 잘 이해하고 있었는데도 말이다.

두 사촌 누이는 상대하기 쉬웠다. 그들은 성격이 좋아서 고리타분한 재담도 고마워하며 재미있게 받아들였다. 숙부는 커피를 마신 뒤 곧장 자리를 뜨셨다. 베르타 숙모는 주로 로테 옆에 앉아 계셨는데, 내가 설탕에 절인 딸기 열매 저장법에 관한 이야기를 함께 나누자 흡족해하셨다. 이렇게 나는 두 처녀 근처에 머물면서 대화하다가 틈이 날 때마다 곰곰이 생각해 보았다. 왜 내가 사랑하는 여자와 이야기를 나눌 때는 그토록 힘이 들고, 다른 쪽과 이야기할 때는 그렇지 않은지를 곰곰이 생각해 본 것이다. 헬레네에게 어떤 식으로든 애정 표현을 하고 싶었지만, 어떻게 해야 할지 도무지 생각이 떠오르지 않았다. 마침내 나는 많은 장미 중에서 두 송이를 꺾어 한 송이는 헬레네에게, 그리고 다른 한 송이는 암베르크에게 주었다.

이날이 내 휴가 중 별 탈 없이 지낸 마지막 날이었다. 다음 날 나는 안면이 있는 마을의 어떤 사람으로부터 헬레네가 최근에 모모 집에 자주 드나든다는 얘기와 머지않아 그녀가 약혼을 하게 될 것이라는 얘기를 전해 들었다. 그는 여러 가지 새 소식을 나에게 전하던 차에 이 이야기도 곁들인 것이었으나, 나는 혹시라도 그가 내 속내를 들여다볼까 봐 조심스러웠다. 그가 전한 말이 설사 헛소문이라 하더라도, 그리고 헬레네에 대한 기대를 거의 접고 있던 터였더라도, 막상 이 말을 듣는 순간 그녀가 완전히 나를 떠났다는 확신이 들었다. 마음이 심란해져 집으로 돌아온 나는 방에 틀어박혔다.

상황이 어떻게 됐든 간에 우여곡절 없이 살아온 내 청춘이었기에 슬픔은 그리 오래가지 않았으나, 그런데도 며칠간은 그 어떤 것에도 흥미를 잃은 채 혼자서 숲길을 걷거나, 아무 생각 없이 울적하게 방에 틀어박혀 뒹굴었다. 저녁이면 창문을 모두 닫아 놓고 바이올린을 마구 긁어 댔다.

"어디 아픈 데라도 있는 게냐, 얘야?"

아버지가 물으며 내 어깨에 손을 얹으셨다.

"간밤에 잠을 좀 설쳤어요."

나는 대답했다. 거짓말이 아니었다. 더 이상의 말은 하지 않았다. 하지만 아버지는 훗날 내가 자주 떠올리게 되는 말씀을 하셨다.

"잠 안 오는 밤은 항상 괴롭기 마련이야. 하지만 그런 밤도 긍정적으로 생각하면 얼마든지 감내할 수 있단다. 잠자리에 누웠는데 잠이 오지 않으면 신경질이 나고, 화가 나는 일만 생각하게 되지. 하지만 의지력을 발휘하면 생각을 좋은 쪽으로 바꿀 수도 있는 법이다."

"그럴 수 있을까요?"

내가 물었다. 왜냐하면 최근 몇 년 동안 나는 자유 의지에 대해 회의를 품어 왔기 때문이다.

"그럼, 그렇게 할 수 있지."

아버지가 힘주어 말씀하셨다.

침묵과 쓰라린 심정으로 며칠을 보낸 후 우선 그런 나 자신을 추스름으로써 고통을 진정시키고, 가족들과 어울려 즐겁게 보낼 수 있었던 그 시간이 아직도 기억에 생생하다. 프리츠를 제외한 우리 식구 모두 오후의 커피를 마시기 위해 거실에 모여 앉았다. 다른 사람들은 즐겁게 얘기를 나누고 있었지만, 나는 입을 꾹 다문 채 얘기에 끼어들지 않았다. 속으로는 함께 얘기하고 같이 어울려야 한다고 생각하면서도 말이다. 젊은 사람들이 대체로 그렇듯이 나는 내 고통을 침묵과 자기 방어적인 반항심으로 에워쌌다. 다른 사람들은 우리 집의 훌륭한 관습에 따라 그런 나를 가만히 내버려 두었고, 눈에 띄게 표가 나는 내 언짢은 기분을 존중해 줬다. 나는 내 성을 부술 결심을 하지 못한 채, 아직 진지하면서 필요하다고 생각했던 역할을 계속해 나갔다. 이 역할이 나 자신을 지루하게 만들고 있었는데도 내 고행 기간이 짧아지는 게 창피했기 때문이다.

그때 갑자기 우리의 조용하고 안락한 커피 타임 분위기를 깨는 나팔 소리가 요란하게 들려왔다. 힘차고 대담하며 도전적으로 귀를 때리는 나팔 소리에 우리는 일제히 의자에서 벌떡 일어났다.

"불이 났어요!"

여동생이 놀란 목소리로 외쳤다.

"화재 경보치고는 이상한데."

"군대가 숙영을 나가나 봐요."

이렇게 말하면서 우리는 우르르 창가로 몰려갔다. 우리 집 바로 앞의 거리로 한 떼의 어린아이들이 몰려오고 있었고, 이 아이들 한가운데에 빨간 제복을 입은 나팔수가 커다란 백마를 타고 있었다. 그의 나팔과 제복은 햇빛을 받아 번쩍번쩍 빛이 났다. 기이한 모습을 한 이 사람은 나팔을 불면서 창문들을 올려다보고 있었다. 그의 구릿빛 얼굴에는 엄청나게 큰 헝가리 콧수염이 달려 있었다. 그는 미친 듯이 계속해서 나팔을 불어 댔다. 시그널 뮤직과 아울러 갖가지 곡들을 즉흥적으로 불어 대고 있었다. 창가에 몰려든 이웃집 사람들이 호기심에 가득 찬 것을 보고, 그는 나팔을 내려놓고 콧수염을 한 번 쓰다듬더니, 왼손은 허리에 걸치고 오른손으로는 안정을 못 찾는 말의 고삐를 잡아당기면서 일장 연설을 늘어놓기 시작했다. 자기네는 세계적으로 이름난 극단으로 순회 공연차 이 조그만 도시에 들렀는데, 딱 하루만 머물 예정이라고 했다. 그리고 주민들의 간청에 응해 오늘 저녁 브뤼엘에서 '훈련된 말과 고난도 곡예 그리고 위대한 팬터마임 공연'을 펼칠 것이라고 떠들어 댔다. 성인은 이십 페니히, 미성년자는 반액의 입장료를 받는다고 했다. 사람들이 그의 말을 알아들었다는 것이 확인되자 그는 다시금 번쩍거리는 나팔을 불어 대며 말을 타고 떠났다. 아이들을 동반한 채 짙고 하얀 먼지를 일으키며.

우리로 하여 웃음을 자아내게 하고 유쾌한 흥분의 도가니로 빠지게 한 곡마사의 공연 광고는 나에게도 도움이 되었다. 나는 그 순간을 틈타 내 어두운 침묵의 세계를 떨쳐 버리고, 나 자신을 다시금 즐거운 사람들의 일원으로 바꿀 수 있었다. 나는 곧장 두 처녀를 공연에 초대했다. 아버지는 몇 차례 반대의 뜻을 표하다가 마침내 허락해 주셨다. 허락이 떨어지기가 무섭게 우리 세 사람은 공연단을 공연장 밖에서 한번 구경해 보기 위해 브뤼엘 쪽으로 어슬렁어슬렁 걸어 내려갔다. 두 남자가 말뚝을 박아 원형 무대의 경계를 설정하고, 밧줄로 울타리를 치고 있었다. 그러고 나서 두 사람은 비계를 높이 세웠다. 한편 초록색 카라반의 흔들거리는 계단에는 엄청나게 뚱뚱한 노파가 앉아 뜨개질을 하고 있었고, 그녀의 발치에는 하얀 털의 귀여운 푸들 한 마리가 앉아 있었다. 우리가 이런저런 광경을 바라보는 사이에 말을 탄 사나이가 시내를 한 바퀴 돌고 돌아왔다. 그는 카라반 뒤에 백마를 매어 놓고는 빨갛고 화려한 옷을 벗은 뒤 셔츠 바람으로 동료들의 일을 도왔다.

"불쌍한 사람들!"

안나 암베르크가 말했다. 하지만 나는 그녀의 동정심에 이의를 제기하며 곡예사들 편에 서서, 그들의 자유롭고 화목한 유랑 생활을 소리 높여 칭송했다. 생각 같아서는 나 자신이 그들과 함께 다니면서 높은 곳에서 줄타기도 하고, 공연이 끝나면 접시를 가지고 객석을 돌아보고 싶다고도 했다.

"그런 광경 한번 보고 싶은데요."

그녀가 유쾌하게 웃으며 말했다.

나는 접시 대신에 모자를 벗어 들고, 어릿광대를 위해 작은 성금을 부탁한다고 허리를 조아리며 돈을 받으러 다니는 시늉을 했다. 그녀는 주머니를 뒤

지다가 잠시 망설이더니 내 모자에 일 페니히를 던져 넣었다. 나는 감사의 뜻을 전하고 그 돈을 꺼내 조끼 주머니에 넣었다.

한동안 억제되었던 유쾌함이 마취제처럼 온몸에 번졌다. 그날 나는 어린애처럼 즐거웠다. 그렇게 즐거웠던 것은 아마도 경직되었던 내 기분이 바뀔 수 있음을 깨달았기 때문일 것이다.

저녁에 우리는 프리츠도 데리고 공연장에 갔다. 가는 길에 우리는 벌써 흥분하여 즐거움을 감추지 못했다. 어둠이 깔린 브뤼엘엔 사람들이 새까맣게 우글거리고 있었고, 어린아이들은 기대에 가득 찬 눈을 하고 행복에 젖어 조용히 서 있었다. 개구쟁이들은 아무 사람이나 마구 집적거리면서, 사람들 발치에서 서로들 밀치며 야단법석을 떨었다. 공짜 구경꾼들은 마로니에 나무 아래 자리를 틀고 앉았고, 경찰은 헬멧을 쓰고 있었다. 원형 무대 주위로 간이 의자들이 놓여 있었고, 무대 안쪽에 팔이 네 개 달린 기둥이 서 있었는데, 각 팔에는 돌아가며 석유등이 걸려 있었다. 이제 이 등들도 켜지고, 사람들이 몰려들어 빈 좌석도 서서히 메워졌다. 광장과 우글거리는 사람들의 머리 위에서는 석유 횃불이 그을음을 내며 붉게 타오르고 있었다.

우리는 긴 널빤지 의자에 자리를 잡고 앉았다. 손풍금 소리가 울리자 단장이 검정색 조랑말을 끌고 원형 무대에 나타났다. 익살 광대도 함께 따라 나왔다. 그는 단장의 대화 파트너였는데, 대화 중에 그가 따귀를 맞을 때마다 대화가 끊겼으며, 그때마다 만장의 박수가 터졌다. 익살 광대가 무례한 질문을 던지면 단장은 따귀로 대답하면서 말했다.

"너 나를 낙타 취급하는 거냐?"
"아닙니다, 단장님. 저는 낙타와 단장님의 차이를 정확히 알고 있습니다."

"안다고, 광대야? 어떤 차이가 있는데?"

"단장님, 낙타는 일주일간 물 없이 일을 할 수 있는데, 단장님은 일주일간 일 없이 술을 마실 수 있습니다."

또 따귀 한 대가 올라가자, 박수가 또 터졌다. 개그는 이런 식으로 계속되었다. 소박한 위트와 그런 위트를 감지덕지하며 즐거워하는 관중을 신기하게 여기면서 나 자신도 덩달아 웃었다. 조랑말은 공중 도약을 하고, 의자를 뛰어넘고, 숫자를 열둘까지 세고, 죽는 시늉을 했다. 다음은 푸들 차례였다. 푸들은 도약해서 고리를 통과하고, 두 다리로 춤을 추고, 행군 훈련을 했다. 사이사이에 항상 익살 광대가 끼어들었다. 그다음은 예쁜 염소 한 마리가 나와 의자 위에서 균형을 잡는 묘기를 펼쳤다.

끝으로 단장이 익살 광대에게 너는 그렇게 빈둥거리면서 익살밖에 부릴 줄 모르느냐고 물었다. 그러자 그는 재빨리 헐거운 광대 옷을 벗어 던지고, 붉은 트리코만 입은 채 높이 매달린 밧줄 위로 올라갔다. 그는 예쁘장한 사내였는데, 줄타기 재주도 일품이었다. 그의 재주는 제쳐 두고라도, 검푸른 하늘을 이고 횃불 조명을 받으며 붉은 실루엣으로 흔들거리는 그의 모습은 아름답기 그지없었다.

팬터마임은 공연 시간을 초과해서 취소되었다. 우리도 평소보다 더 오랜 시간 집을 나와 있었기 때문에 서둘러 귀가했다.

곡예 구경을 하는 동안 우리는 끊임없이 활발하게 이야기를 주고받았다. 나는 안나 암베르크 옆에 앉아 있었다. 서로 쓸데없는 얘기들만 주고받았는데도, 나는 집으로 가는 길에 벌써 그녀의 온기가 조금 그리워졌다.

그날 잠자리에 들어도 늦게까지 잠이 오지 않아 곰곰이 생각해 보았다.

내가 지조 없는 인간이 되었다는 생각이 들자 가슴이 아프고 부끄러웠다. 아름답기 그지없는 헬레네 쿠르츠를 어떻게 그렇게 삽시간에 포기할 수 있단 말인가? 하지만 나는 궤변 논리로 이날 밤과 그다음 날에 이어 모두를 깨끗이 합리화하고, 모든 피상적인 모순을 흡족하게 해결했다.

그날 밤 나는 등을 켜고 내 조끼에서 안나가 장난으로 나에게 준 동전을 꺼내 찬찬히 들여다보았다. 동전에는 1877년이란 발행 연도가 박혀 있었다. 그러니까 그 동전은 내 나이와 똑같았다. 나는 동전을 종이에 싼 다음 종이에 그녀의 이니셜 A. A.와 오늘 날짜를 썼다. 그리고 그것을 내 지갑 속 깊은 곳에 행운의 동전으로 숨겨 두었다.

휴가의 전반은 언제나 후반보다 더 길게 마련인데, 내 휴가 기간이 벌써 반이 지나갔다. 격렬한 뇌우가 한 주간 일더니 벌써 여름이 서서히 저물어가며, 나는 사색에 잠기기 시작했다. 하지만 나는 그 밖의 세상엔 더 중요한 것이 없다는 듯이 청운의 깃발을 휘날리며 노루 꼬리만큼 짧아지는 날들을 항해했다. 매일같이 찬란한 희망에 벅찬 나머지 자만에 빠져, 날들이 오고, 날들이 밝고, 날들이 가는 것을 바라보기만 하며, 이들을 붙잡으려 하거나 아쉬워하지도 않았다.

내가 이러한 자만심, 더 정확히 말해 이러한 얼토당토않은 청춘의 낙천성을 지니게 된 데에는 사랑스러운 내 어머니도 일조하셨다. 왜냐하면 어머니는 굳이 말로 표현은 하지 않았지만, 내가 안나와 가깝게 지내는 것이 당신에게 싫지는 않은 눈치를 보이셨기 때문이다. 영리하고 예의 바른 처녀와 사귀는 것이 나에게는 정말 즐거운 일이었다. 그리고 그녀와 좀 더 깊고 가까운 관계를 맺는 것도 어머니는 싫다지 않으실 것 같았다. 그래서 나는 거리낌 없이 공개적으로 그녀와 만났다. 나는 안나를 사랑하는 여동생과 다름없이 대했다.

하지만 이것으로 내가 바라는 목표에 도달하기에는 아직 한참 멀었다. 시간이 얼마간 지나면서부터 이 변함없는 우정 관계는 이따금 나에게 다소간 고통을 안겨 줬다. 왜냐하면 나는 뚜렷한 한계선이 그어진 우정의 정원으로부터 사랑의 자유로운 나라로 나가고 싶었는데, 순진한 내 여자 친구를 무리 없이 이 방향으로 이끌 방도를 도저히 찾을 수 없었기 때문이다. 그런데 바로 내 휴가가 막바지에 이를 무렵, 이에 대한 해결책이 마련됐다. 좀 더 정확히 말해, 현실 만족과 그 이상의 소망 사이에서 자유롭게 떠다니는 바람직한 상황이 도래한 것이다. 지금도 나는 이 해결책이 내 인생에 큰 행운을 가져다준 걸로 기억된다.

이렇게 우리는 즐거운 우리 집에서 행복한 여름날을 보냈다. 그동안에 나는 어릴 때처럼 다시 어머니와 격의 없이 지낼 수 있게 되었다. 어머니와 내 인생에 관해 기탄없이 이야기를 나누고, 지난 일들을 털어놓고, 장래의 계획을 상의할 수 있었다. 지금도 생생하게 기억나는 일이 한 가지 있다. 어느 날 오전에 어머니와 내가 정자에 앉아 실을 감고 있었다. 나는 어머니에게 그간에 내가 신앙의 문제에 대해 어떤 생각을 가졌었는지 말씀드렸다. 그리고 내가 다시 신앙심을 갖게 되려면, 누군가 내게 신앙에 대한 확신을 줄 수 있는 사람이 나타날 때 비로소 가능하다는 주장과 더불어 말을 마쳤다.

그러자 어머니는 웃으며 나를 바라보시더니, 한참 뜸을 들인 후 말씀하셨다.
"너에게 확신을 줄 수 있는 사람은 결코 나타나지 않을 거다. 하지만 신앙 없이는 인생을 살아가기가 힘들다는 것을 너도 차차 깨닫게 될 거다. 왜냐하면 지식이란 아무짝에도 쓸모가 없기 때문이지. 우리가 잘 알고 있다고 생각하는 사람이 지식과 확신만 가지고는 아무것도 해낼 수 없음을 보여 주는 사례가 매일 일어나지 않니? 인간에겐 신뢰와 믿음이 필요해. 그러기 위해서는 교수나 비스마르크 또는 그 밖에 어떤 사람에게 가는 것보다는 구세주에게 가는 게 상책이지."

"왜죠? 구세주한테서도 그렇게 확실한 건 얻지 못하잖아요?"

"아니야, 충분히 얻어. 많은 세월이 흐르는 동안 자신을 가지고 불안 없이 세상을 떠나는 사람들이 여기저기 나타났어. 소크라테스가 그랬고, 그 밖에 몇몇 사람이 그랬다는 거야. 그런 사람이 많지는 않아. 아주 적은 숫자에 불과하지. 그렇게 편안하고 태연하게 죽는 것은 그들이 똑똑해서가 아니라 마음과 양심이 깨끗해서야. 그래 좋아, 이 몇 안 되는 사람들이 그들 나름대로 올바르게 살았다고 치자. 하지만 우리 중에 그런 사람이 누가 있니? 이 몇 안 되는 사람에 비해 다른 한편으로는 가난하고 평범한 사람 수천 명이 기꺼이, 그리고 태연하게 죽음을 맞이할 수 있었어. 구세주를 믿었기 때문이지. 네 할아버지께서는 돌아가시기 전 십사 개월 동안 고통 받으며 비참하게 누워 계셨어. 하지만 불평 하나 안 하시고 고통과 죽음을 기꺼이 견뎌 내셨단다. 구세주로부터 위안을 받으셨기 때문이지."

그리고 어머니는 끝으로 이렇게 말했다.

"내 말이 널 설득할 수 없다는 걸 나도 잘 안다. 믿음은 사랑과 마찬가지로 이성의 범주에 속하는 것이 아니지. 하지만 너도 언젠가는 이성이 모든 걸 해결해 줄 수 없다는 걸 깨닫는 날이 올 게다. 그때쯤 돼서 혹시라도 네가 곤경에 처할 때, 위안되는 것이라면 무엇이든 붙잡으려고 할 거다. 그렇게 되면 아마도 오늘 우리가 이야기한 것들이 많이 생각날지도 몰라."

정원에서 나는 아버지를 도왔다. 산책길에 조그만 자루를 가지고 가서 아버지의 화분에 넣을 흙을 숲에서 퍼 오기도 했다. 프리츠와 함께 새로운 불꽃 기술을 개발하기도 하고, 화약을 터뜨리다가 손가락에 화상을 입기도 했다. 로테와 안나 암베르크하고는 반나절을 숲속에서 보내면서 산딸기를 따기도 하고 꽃을 찾는 일을 도와주기도 하고, 책을 읽어 주기도 했으며, 새로운 산책길을 찾아내기도 했다.

아름다운 여름날이 하루하루 지나갔다. 나는 안나 옆에 있는 것이 습관이 되다시피 했다. 그 때문에 이런 생활도 이제 곧 끝날 거라고 생각하니 내 휴가의 푸른 하늘에 짙은 먹구름이 꼈다.

아름다운 것과 제아무리 소중한 것도 모두가 한시적이고, 때가 지나면 예정된 끝이 오게 마련이듯이, 이 여름도 시간이 흐름에 따라 하루 이틀 빠져나갔다. 내 기억에 이번 여름을 마지막으로 내 온 청춘이 대단원의 막을 내린 것 같았다. 이제 곧 내가 집을 떠나야 한다는 얘기들이 나왔다. 어머니는 다시 한번 내 소지품들, 이를테면 속옷과 겉옷을 점검해 보시고, 몇 가지는 기워 주셨고, 짐을 싸던 날엔 당신이 직접 뜨개질해서 만드신 양질의 회색 털양말 두 켤레를 선물해 주셨다. 그때는 이것이 어머니의 마지막 선물이 될 줄은 우리 두 사람 중 그 누구도 알지 못했다.

오랫동안 두려워했고 또 놀랍기도 했던 마지막 날이 드디어 도래했다. 담청색 여름 하늘에 새털구름 조각이 여리게 하늘거렸고, 부드러운 남동풍이 아직 정원에 활짝 피어 있는 장미들과 장난을 치더니, 정오경에는 향기를 가득 품고 나른해져 잠이 들었다. 이날 온종일을 충분히 즐기고 저녁 늦게 떠날 작정이어서, 오후에는 우리 젊은이들끼리 산책을 하기로 했다. 그러니까 오전 시간은 어머니와 아버지를 위해서 비워 둔 것이다. 나는 아버지의 서재에서 소파에 두 분을 사이에 두고 앉았다. 아버지는 내가 떠날 때 주려고 준비해 두셨던 몇 가지 선물을 농담 섞어서 다정하게 건네주셨다. 아버지는 허전한 마음을 숨기기 위해 농담을 하셨다. 아버지의 선물은 탈러가 몇 개 든 고풍스러운 작은 주머니와 휴대용 펜 그리고 아버지가 손수 실로 꿰매서 만든 예쁜 수첩 등이었다. 이 수첩에는 아버지가 근엄한 라틴어로 써 주신 금언 열두 가지가 적혀 있었다. 아버지는 당신께서 주신 탈러를 아껴 쓰되, 너무 인색해서는 안 된다고 말씀하셨다. 그리고 펜으로는 자주 집에 편지를 하라고 부탁하셨고, 그 밖에도 내가 살아가면서 좋은 금언이 떠오르면, 그것들을 아버지가 당신의 삶에서 필요하다고 생각해서 메모해 두셨던 열두 가지 금언과 나란히 적어 두라고 당부하셨다.

두 시간 남짓 우리는 함께 앉아 있었다. 어머니와 아버지는 내 어린 시절의 얘기와 두 분 자신과 두 분 부모님에 관한 얘기를 많이 들려주셨는데, 그 얘기들은 나에게 하나같이 새롭고 중요한 것들이었다. 그중 많은 걸 지금은 잊어버렸다. 부모님이 얘기하시는 동안 나는 종종 안나 생각에 빠져들었기 때문에, 진지하고 중요한 얘기들을 반은 건성으로 들어 넘겼다. 하지만 아버지의 서재에서 보낸 이날 아침에 대한 기억은 지금도 생생하게 남아 있다. 아직도 나는 내 어머니, 아버지 두 분을 떠올리면 두 분께 깊은 감사와 존경심을 표하게 된다. 나는 오늘도 두 분을 다른 어떤 사람에게서도 볼 수 없는 순수하고 성스러운 광채 속에서 바라본다.

하지만 그 당시에는 오후에 작별해야 한다는 것이 내게는 훨씬 더 중요한 사안이었다. 점심을 먹자마자 나는 두 처녀와 함께 산을 넘어 우리 마을의 강 지류에 있는 가파른 계곡의 아름다운 골짜기로 갔다.

처음 얼마 동안은 내 울적한 기분 때문에 두 처녀도 심각해지고 말이 없었다. 키 높은 붉은 소나무 기둥들 사이로 좁고 구불구불한 골짜기와 푸른 숲이 덮인 넓은 구릉 지대가 보이고, 목이 긴 양초꽃이 바람에 산들산들 나부끼는 곳에 이르러서 비로소 나는 울적한 기분을 떨쳐 버리고 환호성을 질렀다. 그러자 두 처녀는 웃으며 방랑의 노래를 불렀다. 〈오, 멀리 있는 계곡, 오, 높이 솟은 계곡〉이라는 곡으로, 우리 어머니가 좋아하시던 옛 노래였다. 나도 함께 부르는 동안 어린 시절과 여름 방학에 숲으로 소풍을 갔을 때의 즐거웠던 날들이 떠올랐다. 노래가 끝나자마자 우리는 약속이나 한 것처럼 어린 시절과 어머니에 관해 이야기하기 시작했다. 우리는 감사한 마음, 자랑스러운 마음으로 그때를 이야기했다. 그도 그럴 것이 우리는 멋진 유년 시절, 고향에 대한 기억을 가지고 있었기 때문이다. 나는 로테와 손을 맞잡고 걸었고, 안나도 웃으며 함께 손을 잡았다. 우리 셋은 맞잡은 손을 흔들며 산등성이를 따라 이어지는 길을 줄곧 춤추듯이 즐겁게 걸었다.

그러다가 우리는 가파른 샛길로 빠져 실개천이 흐르는 어두운 골짜기로 내려갔다. 물 흐르는 소리가 자갈밭과 바위를 넘어 철석이며 멀리까지 들려왔다. 계곡 위쪽 실개천 상류에 여름 한철에만 문을 여는 아담한 가게가 있었는데, 그곳에 들어가 나는 두 처녀에게 커피와 아이스크림 그리고 케이크를 사 주었다. 개울을 따라 산비탈을 내려올 때는 일렬종대로 서야 했다. 나는 안나 뒤에서 걸으면서 그녀를 바라보며, 오늘 그녀와 단둘이 이야기할 시간을 마련할 궁리를 했다.

마침내 한 가지 꾀가 떠올랐다. 우리는 이미 우리의 목적지 근처인 풀이 무성한 냇가에 도달했다. 거기에는 패랭이꽃이 만발해 있었다. 나는 로테에게 먼저 가서 커피를 주문하고, 우리가 앉을 예쁜 야외 식탁을 마련해 놓으라고 부탁했다. 그동안에 나는 아름다운 꽃이 많이 핀 여기에서 안나와 함께 꽃다발을 만들겠노라고 했다. 로테는 내 제안을 기꺼이 받아들여 먼저 내려갔다. 안나는 이끼가 낀 바위 위에 앉아서 양치식물을 꺾기 시작했다. 나는 말을 꺼냈다.

"오늘이 내 마지막 날이에요."

"그래요, 섭섭해요. 하지만 오빤 분명 머지않아 곧 다시 집에 오실 거 아니에요, 그렇죠?"

"글쎄요. 어쨌든 내년에는 못 와요. 그리고 설사 집에 다시 온다고 해도 그땐 모든 게 지금과 달라지겠죠."

"왜 달라지죠?"

"그래요, 혹시 안나 씨가 다시 때맞춰 우리 집에 온다면 몰라도!"

"그건 어렵지 않아요. 하지만 이번에도 오빠가 나 때문에 집에 오신 건 아니잖아요?"

"안나 씨를 전혀 알지 못했기 때문이죠."

"하긴 그렇군요. 그건 그렇고, 절 전혀 도와주지 않으시는군요! 거기 있는 패랭이꽃 몇 송이라도 좀 꺾어 주세요."

그 순간 나는 정신을 바짝 차렸다.

"나중에 안나 씨가 원하는 대로 꺾어 줄게요. 지금 나한테 중요한 건 따로 있어요. 난 지금 몇 분간 안나 씨와 함께 있었어요. 이 순간을 온종일 기다렸어요. 왜냐면 — 오늘 내가 떠나야 하기 때문이죠. 그러니까 — 간단히 말해서, 안나 씨에게 물어볼 게 있어요. 안나 —"

그녀가 나를 뚫어지게 쳐다봤다. 그녀의 영리한 얼굴이 엄숙해지고 걱정스러운 기색을 띠어 갔다.

"잠깐만요!"

그녀는 더듬거리는 내 말을 끊었다.

"전 지금 오빠가 무슨 말을 하려는지 이미 알고 있어요. 제발 부탁인데, 그 말은 하지 마세요."

"하지 말라고요?"

"하지 마세요, 헤르만 오빠. 왜 그런지는 지금 얘기할 수 없어요. 정 알고 싶으면 나중에 오빠 동생한테 물어보세요. 걔는 모든 걸 알아요. 그건 슬픈 얘기예요. 그 얘기로 오늘 슬프게 지내고 싶지 않아요. 로테가 올 때까지 우리 꽃다발을 만들어요. 그리고 좋은 친구로 머물면서 오늘 서로 즐겁게 지내요, 그렇게 할 거죠?"

"그럴 수만 있다면 얼마든지 그렇게 하지요."

"내 말 잘 들으세요. 나도 오빠와 생각이 같아요. 한 사람을 사랑하는데, 그 사람을 가질 수가 없어요. 사정이 그렇다면, 우정과 그 밖에 자기가 가질 수 있는 좋은 것, 즐거운 것 일체를 보다 더 힘차게 꽉 붙잡아야 해요, 그렇게 생각하지 않아요? 그러니 우리 좋은 친구로 머물러요. 적어도 오늘 이 마지막 날은 서로 즐거운 얼굴을 보여 주자고요. 그렇게 할 거죠?"

"그래요."

나는 기어들어 가는 소리로 대답했다. 우리는 함께 손을 맞잡았다. 냇물이 요란스레 환호하면서 작은 물방울을 우리에게 뿌려 댔다. 우리의 꽃다발은 커지고 다채로운 색을 띠었다. 얼마 안 있어 여동생이 노래를 부르며 나타나 우리를 불렀다. 여동생이 우리에게 왔을 때, 나는 물을 마시는 척하고 개울 쪽으로 무릎을 굽혀 흘러가는 찬 개울물에 이마와 눈을 잠시 담갔다. 그리고 나서 꽃다발을 손에 들었다. 우리는 나란히 서서 얼마 떨어지지 않은 거리에 있는 가게로 갔다.

단풍나무 아래에 우리를 위한 식탁이 마련되어 있었다. 식탁 위에는 아이스크림과 커피 그리고 비스킷이 준비되어 있었고, 주인아주머니가 우리를 반겨 주었다. 나는 일이 다 잘된 것처럼 이야기하고 대답하고 먹어 대는 자신이 놀라웠다. 나는 즐거운 기분으로 돌아가 짤막한 연설도 늘어놓고, 두 사람이 웃을 때 스스럼없이 함께 웃었다.

굴욕과 슬픔을 간단하고 사랑스럽게 그리고 위로를 받아 가며 극복할 수 있도록 도와준 그날 오후의 그녀를 잊을 수가 없다. 그녀는 그녀와 나 사이에 있었던 일을 내가 눈치채지 않도록 신경 쓰면서 나를 아름다운 우정으로 대했다. 나는 체면을 유지할 수 있었고, 그녀의 깊고 오래된 고통과 그녀가 그 고통을 즐겁게 감내하고 있음을 간파하고, 그녀를 존경할 수 있게 되었다.

우리가 그곳을 떠날 무렵에는 좁은 숲 골짜기가 이른 저녁 그늘로 뒤덮여 있었다. 하지만 빠른 걸음으로 올라간 언덕에서 우리는 다시금 지는 해를 볼 수 있었고, 한 시간가량 따뜻한 햇살을 받으며 걸을 수 있었다. 그러다 다시 내리막길로 접어들어 시내를 향해 걸음을 옮겼을 때는 다시 해가 시야에서 사라져 갔다. 나는 전나무 우듬지 사이로 이미 커다랗고 붉어진 해를 바라보며, 저 해를 내일이면 여기서 멀리 떨어진 타지에서 다시 보게 되겠지 하고 생각했다.

저녁에 집안 식구들 모두와 작별 인사를 마치고 나오자 로테와 안나가 역까지 따라 나왔다. 내리깔리는 땅거미를 향해 내가 탄 기차가 움직이기 시작하자 두 사람은 나를 향해 손짓했다.

나는 차창에 서서 시내를 내다보았다. 시내에는 이미 불이 켜져 있었고 창문들도 불빛이 밝았다. 우리 집 정원 가까이에 다다랐을 무렵 나는 새빨갛고 강렬한 불빛을 보았다. 동생 프리츠가 양손에 벵골산 불꽃을 들고 서 있다가 내가 지나가며 손짓하자 로켓 하나를 수직으로 쏘아 올렸다. 나는 차창 밖으로 고개를 내밀어, 로켓이 날아올랐다가 잠시 머문 뒤 부드러운 곡선을 그리며 붉은 불꽃 비를 뿌리고 사라져 가는 광경을 지켜봤다.

작품 해설

헤세의 단편들 1 『회오리바람』에는 총 네 편의 작품이 실려 있다. 그 가운데 「칠월 Heumond」과 「라틴어 학교 학생 Der Lateinschüler」은 헤르만 헤세(Hermann Karl Hesse, 1877~1962)가 1907년에 발표한 단편집 『이 세상 Diesseits』에 실린 다섯 편 가운데 두 편이다. 「회오리바람 Der Zyklon」과 「청춘은 아름다워라 Schön ist die Jugend」는 작가가 1916년에 발표한 단편집 『청춘은 아름다워라』에 처음 실렸다. 앞의 두 작품과 「청춘은 아름다워라」는 작가가 이십 대 후반에 쓴 작품들이며, 생성 시기로 보면 작가가 삼십 대에 쓴 「회오리바람」이 가장 나중에 나온 작품이다. 여기 실린 단편들은 헤세의 작품들 가운데서도 특히 자전적인 요소가 강하다. 단편의 주인공들은 「칠월」과 「라틴어 학교 학생」에서는 열여섯 살의 라틴어 학교 학생, 「회오리바람」에서는 열여덟 살의 공장 수습생, 「청춘은 아름다워라」에서는 타지에서 성공하고 금의환향한 이십 대의 청년인데, 헤세 역시 같은 나이에 라틴어 학교를 다녔고, 시계 공장 수습생을 지냈으며 이십 대에 작가로서의 입지를 굳혔다. 특히 작가가 묘사하는 고향의 풍경은 헤세가 유년 시절을 보낸 칼프(Calw)의 모습을 그대로 보여 준다. 이 단편들은 작가 헤세의 작품 세계 전반에 깔린 기본적인 정서와 철학을 짐작할 수 있게 해 주는 작품들이며, 나아가 누구나 갖고 있을 어린 시절의 고향과 가족에 대한 추억, 첫사랑의 설렘과 아픔, 어른이 되어 가며 겪는 유년 시절과의 고통스러운 결별, 삶의 의미를 찾아 떠나는 새 출발 등을 되돌아볼 수 있게 해 주는 이야기들이다.

1. 「칠월」, 낭만주의자 헤세 또는 헤세의 생태적 감수성

이 단편집의 첫 작품 「칠월」의 원제는 'Heumond', 직역하면 '건초 달', 즉 건초를 만드는 달이다. 열여섯 살의 소년 파울은 어느 여름 아버지와 고모 그리고 가정 교사와 함께 별장에 머물고 있다. 그런데 아버지의 친구가 두 딸을 데리고 놀러 온다. 스물서넛 정도의 큰딸 투스넬데, 파울과 동갑인 작은딸 베르타다. 파울은 큰딸을 사랑하게 되고 베르타 역시 파울에게 사랑의 감정을 느끼지만, 이틀 후 이들이 별장을 떠남으로써 한여름의 뇌우 같았던 첫사랑은 끝이 난다. 가슴 떨리는 첫사랑의 설렘(파울)과 짝사랑의 아픔(베르타)이 애틋하게 전해 오는 이야기지만, 이 작품에서는 특히 낭만주의자 헤세의 면모가 돋보인다. 전기 작가들이 낭만주의의 '후위대'라고 부르는 헤세의 낭만주의적 면모는 음악, 특히 민요에 대한 사랑, 독서 목록, 자연을 대하는 태도 등에서 드러난다. 이 작품뿐만 아니라 단편집 전체를 통틀어 피아노나 바이올린 연주, 슈베르트나 슈만의 가곡 부르기, 민요 부르기 등은 주인공의 유년 시절에서 빠질 수 없는 일부이다. 「칠월」에서도 파울의 아버지는 "피아노의 대가"로서 아들과 함께 한 대의 피아노를 연주하기도 하는

데, 헤세의 정신적 지주였고 음악을 사랑했던 헤세의 아버지를 떠올리게 하는 대목이다. 헤세의 낭만주의적 성향은 투스넬데를 사이에 두고 연적으로 등장하는 가정 교사 홈부르거와 파울이 보여 주는, 책과 자연에 대한 상반된 입장에서도 드러난다. 이 단편집을 통틀어 호머와 타키투스에서 괴테의 『베르테르의 고뇌』, 실러의 『군도』, 『로빈슨 크루소』, 『걸리버 여행기』, 『지크바르트, 수도원 이야기』, 『신 아마디스』, 오시안 시리즈, 장 파울, 슈틸링, 월터 스코트, 플라텐, 발자크, 빅토르 위고 등등 수많은 책들이 주인공의 독서 목록에 올라 있다. 이 가운데 「칠월」에서 처음 거론되는 책은 "프리트요프" 설화로, 스웨덴의 낭만주의 작가 에자야스 테크너(Esajas Tegner, 1782~1846)의 작품이다. 파울이 "아름답다", "멋지다"라며 감탄하는 이 작품에 대해 홈부르거는 파울의 판단이 미학 이론과 거리가 멀고 학계 의견과는 정반대라고 비판한다. 나아가 테크너는 "한물간", "완전히 잊힌 작가"이며 그의 작품은 인기에 영합한 것일 뿐이라고 평한다. 스스로의 느낌보다는 학계의 권위와 흐름에 굴복하는 홈부르거에 대해 파울은 부정적인데, 이는 작가 헤세의 판단이기도 할 것이다. 특히 가정 교사와 파울은 자연에 대한 감수성에서 큰 차이를 보인다. 이 단편집 전체를 통틀어 자연은 분위기를 연출하기 위한 배경이거나 인물의 기분에 따라 변하는 객체가 아니고, 그 자체가 주체로 등장한다. 「칠월」에서 너도밤나무에 대한 묘사는 이러하다. "종종 이 나무는 자신이 이웃도 없는 유일한 존재로 이 정원에 홀로 서 있음을 알고 있는 듯했다. 그럴 때면 이 나무는 멀리 있는 나무들 쪽으로 시선을 던지며 그들을 찾고 그리워하는 듯했다." 시골에서의 적막한 "밤" 역시 그 스스로 주체로 등장한다. "밤은 그가[홈부르거] 창가로 다가서서 자신을 바라보기를 기다리고 있었다. 밤은 그의 마음이 동경과 향수에 젖고, 그의 눈이 시원한 밤공기에 목욕하고, 결박된 그의 영혼이 자유로워지기를 기대하고 있었다." 그러나 엘리트 의식을 갖고 있고 명예욕에 사로잡힌 홈부르거는 정원에 나가는 적도 없고 침대에 누워 책만 읽는다. 반면에 파울은 "속옷 바람으로 창문턱에 앉아 미동도 없는 나뭇가지들을 바라보고 있었다. 영웅 프리트요프는 까맣게 잊어버렸다. 그는 이제 어떤 특정한 대상에 관한 생각에서 벗어나 그냥 심야를 즐기고 있었다." 시골에서의 밤의 적막은 파울에게 "마치 순수하고 건강한 세계에 와 있다는 느낌과 영원의 세계로부터 불어오는 바람을 접하는 느낌"을 갖게 하는데, 「청춘은 아름다워라」에서 이러한 밤의 적막 속에서 인간과 자연이 하나가 되는 순간은 이렇게 묘사된다.

> "침묵하는 하늘을 이고 조용히 흐르는 강물을 따라 한밤중에 혼자 거닐어 보면, 영혼을 송두리째 흔드는 신비로운 느낌을 받게 된다. 이때 우리는 인간의 근원에 보다 가까이 다가서게 된다. 우리는 동물뿐 아니라 식물과도 동질성을 느끼게 되고, 태곳적 삶에 대한 어렴풋한 기억을 떠올리게 된다. 집들과 도시들도 아직 건설되지 않고, 거처 없이 떠도는 인간이 숲과 강산, 늑대와 보라매를 자기와 동류로 사랑하거나, 숙적으로 미워할 수 있었던 그 시대의 기억을 말이다."
> (167~168쪽)

이 단편집 전체를 통틀어 독자는 시대를 앞서간 헤세의 이러한 '생태적 감수성', 인간이 자연이나 동물과 연결된 관계를 느끼고 인정하는 모습을 볼 수 있다.

2. 「라틴어 학교 학생」, '작은' 사람들의 이야기 또는 "성스러운 사랑"

이 이야기의 주인공은 라틴어 학교 삼 학년에 재학 중인 열여섯 살의 소년 카를이다. 이 이야기에서는 소도시가 무대가 됨으로써 자연 속 별장을 무대로 하는 「칠월」보다는 자연에 대한 묘사는 덜하다. 물론 이 단편에서도 카를은 하숙집에서 박새를 기르고 도마뱀을 기르는 자연 친화적인 소년이며, 바이올린을 연주하고 책을 좋아하는 아이다. 그가 애독하는 책은 "동화집과 설화집, 운문 비극" 같은 것들로 「칠월」의 파울처럼 낭만적인 성향을 보여 준다. 이 이야기에서 눈에 띄는 것은 '작은' 사람들이 이야기의 중심을 이룬다는 점이다. 이들은 카를의 하숙집 하녀로, 배고픈 카를에게 먹을 것을 챙겨 주는 어머니 같은 사십 대 노처녀 바베트를 비롯해서 그녀가 운영하는 "하녀 클럽"에 모인, 가지가지의 과거를 가진 하녀들이다. 초록 나무 집 안나는 도둑질을 한 죄로 감옥살이까지 했지만 개과천선을 하고도 전과 탓에 애인과 헤어지고 독신으로 살아간다. 꽃집의 마르그레트는 고향의 의붓아버지에게 돈을 보내고 있고 결혼에 실패했다. 그 외에도 주교가 모퉁이 집에서 일하는 그레트, 약국집 레네 등이 있다. 그리고 카를이 사랑에 빠지는 티네 역시 하녀이다. 그러나 이들을 바라보는 작가의 시선은 연민이나 동정이 아니다. 작가는 그들의 삶을 휘저어 놓은 얄궂은 운명이나 우여곡절에도 그들이 "얼마나 지고한 우아함"을 잃지 않았는지에 감탄한다. 이들은 모두 역경을 헤치고 "씩씩하고 강건한 여전사"가 되어 있다. "원래는 강철같고 고집 세고 억센 여자"였던 바베트가 카를을 돌보면서 "지금까지 어둡고 경직된 마음의 심연 속에서 졸고 있던 그녀의 인자한 살신성인의 정신이 잠을 깨 환한 광명의 세계"로 들어서게 된 것처럼. 티네 역시 남편이 사고로 병원에 누워 있는 고난을 겪으면서도 꿋꿋하게 살아가면서 "빛과 기쁨을 자기 주위로 확산시키고" 카를은 티네에게서 "풍요로운 사랑", "성스러운 사랑"을 배운다. 앞서 「칠월」의 홈부르거처럼 현학적인 망상에 사로잡힐 수도 있었을 소년은 이렇게 '작은' 사람들의 살아가는 모습에서 "순박한 삶의 흥미로운 시를, 태고의 민중 세계를, 척박한 삶의 세계를, 군가를 외쳐 대는 이 세계를 한번 깊이" 체험한다.

3. 「회오리바람」, 유년 시절과의 결별 또는 알을 깨고 나오는 새

세 번째 작품 「회오리바람」의 이야기는 이렇게 시작한다. "1890년 중반경이었다. 그 당시 나는 고향의 작은 공장에서 수습공으로 일하다가 그해에 고향을 영원히 떠났다." 이 이야기와 이어지는 네 번째 이야기 「청춘은 아름다워라」는 유년 시절과의 결별에 관한 이야기다. 서사 기법으로도 3인칭 전지적 화자가 등장하여 연대기적으로 이야기가 전개되는 앞의 두 이야기에서와 달리 이 두 이야기에서는 1인칭 화자가 등장하여 과거를 회상함으로써 유년 시절과의 거리감이 강화된다. 「회오리바람」에서 주인공은 더 이상 학생이 아니며, 열여덟 살의 방직 공장 수습공이다. 주인공은 이제 더 이상 활쏘기, 연날리기, 화약 놀이 등 어린아이들의 놀이에서 기쁨을 느끼지 못하고 오히려 예전에는 어른들의 점잖은 심심풀이로 여겼던 "산책"에 재미를 느낀다. 그는 현재의 직업에도 만족하지 못하며 이를 "넓은 세상으로 가는 통로"

라고 생각할 뿐이다. 고향에서 안일하게 살아가는 대신 어른이 되어 "넓은 세상"으로 나가고 싶은 소망은 회오리바람이 몰아치기 전의 대기 중에서 보이는 "온통 불안한 열기", "긴장된 정적" 등으로 표현된다. 그리고 이 작품의 '회오리바람', 즉 그 해에 그 고장에 닥친 "전무후무한 회오리바람 혹은 폭풍"은 주인공이 과거를 뒤로하고 미래를 향해 떠나는 전환점이 된다. 그리고 이렇게 사방에서 폭풍이 휘몰아치는 가운데, 베르타에게 키스를 당한 주인공의 내면에서도 "폭풍의 격정"이 휘몰아친다. "사방에서 우박을 동반한 폭풍이 휘몰아치는 가운데, 조용하고 가슴 떨리는 사랑의 폭풍이 두렵고 깊숙하게 나를 엄습해 왔다." 베르타가 주인공에게는 "영혼을 바쳐서 진정으로 사랑할 수 있는 여자"가 아니기에 이 사랑의 폭풍은 주인공의 "의지에 역행"하는 것이다. 따라서 이는 "어둠의 골짜기", "꿈의 동굴"로 묘사되며, 앞서 「라틴어 학교 학생」에서 티네가 보여 주는 "성스러운 사랑"과는 거리가 멀다. 그리고 이러한 사랑의 경험, 이 회오리바람의 경험은 어린 시절과의 영원한 결별을 의미한다. 회오리바람이 남긴 것은 "내가 사랑하는 장소가 파괴되고 일그러진" 것이며, 특히 "내 자신의 비밀스러운 뿌리들이 송두리째 뽑혀 나가" 버린 듯 뿌리째 뽑힌 나무들은 이런 파괴를 그림으로 보여 준다.

> "가지들은 꺾이고 갈라져 만신창이가 되어 있었고, 나무가 뽑힌 자리는 집채만 한 구덩이가 입을 벌리고 있었다. 제자리에 있는 것은 하나도 없었다. 그곳은 끔찍한 전쟁터였다. 보리수와 단풍나무들도 쓰러져 있었고, 그 밖에 나무란 나무는 모두 쓰러져 있었다. 넓은 공간이 나뭇가지들과 갈라진 나무 기둥들, 나무뿌리들, 흙덩어리들로 가득 찬 섬뜩한 폐허로 변해 있었다."(137~138쪽)

이제 "달콤하고 어리석었던 지난 시절"은 파괴된 고향과 함께 사라졌고, 주인공은 어른이 되기 위해 고향을 떠난다. 헤세의 대표작 『데미안』에서 알을 깨고 나오는 새처럼, "태어나려고 하는 자는 한 세계를 파괴해야 한다."

4. 「청춘은 아름다워라」, 유년 시절과의 결별 또는 새 출발

이 작품은 헤세 스스로 가장 높이 평가하는 작품이며, 이 단편집에 실린 작품 가운데 자전적인 요소가 가장 강한 작품이다. 1인칭 화자는 헤세와 마찬가지로 1877년생이며, 이름도 작가와 같은 헤르만이다. 주인공은 "몇 년 동안 타지에 머물다가 의젓한 신사가 되어", "금의환향"하여 올해 가을 좋은 일자리를 약속받은 외국으로 떠나기 전 고향에서 몇 주간 여름을 보낸다. 앞서 「회오리바람」이 유년 시절, 고향과의 결별이 휘몰아치는 회오리바람처럼 극적 사건이었다면, 이 단편에서 유년 시절과의 결별은 오히려 화해의 분위기를 깔고 담담하게 진행된다. 주인공은 "고향을 다시 보는 감격"에 가슴이 벅차고 "모두가 다시 내 것이 되었으며, 나를 기다리고, 나를 환영"한다. 그는 예전처럼 가족들과 음악을 연주하고, 민요를 부르고 옛 책들을 읽고, 한밤중에 집을 빠져나와 수영을 하기도 하고, 동생과 화약 놀이도 하며 곡마단 구경을 가기도 한다. 예전에 사랑의 감정을 느꼈던 헬레네는 이제 아름다운 처녀가 되었고, 주인공은 다시 그녀 때문에 마음이 설렌다. 하지만 헬레네는 다른 남자와 약혼한다. 그렇지만 주인공이 겪는 사랑의 아픔과 실연의 괴로움은 곧 극복된다. 타지에서 보낸 몇 년이 그를 이미 어른으로 만든 것이다. "나는 신비에 가득한 인생이, 젊은 청년이 휴가 기간에 겪는 고통보다 한결 어두운 심연과 짓궂은 운명을 은폐하고 있다는 것을 어렴풋이나마 감지하고 있었다." 앞서 언급했던 밤의 적막에 대한 견해에도 변화가 엿보인다.

> "또한 밤은 공동체 생활에 익숙한 우리의 정서도 바꾸어 버린다. 빛이 사라지고 인간의 목소리가 더 이상 들리지 않게 되면, 아직 잠들지 않은 사람은 고독을 느끼고 홀로 있는 자신을 보게 되며, 오로지 자신만을 의지하게 된다. 어쩔 수 없이 홀로 있어야 하고, 홀로 살아야 하고, 공포와 죽음을 홀로 맛보고 감내해야 한다는 생각, 인간으로서 갖게 되는 가장 무서운 생각에 접하게 되면, 그런 생각을 할 때마다 우리는 건강하거나 젊은 사람의 경우에는 자기 인생의 어두운 그림자와 경종을 떠올리고, 병약자의 경우에는 무시무시한 전율을 느낀다."(168쪽)

고독, 질병, 죽음 등 인생의 어두운 그림자를 예감하는 주인공에게서는 사랑에 대한 표상도 바뀌어 이제는 영혼의 동반자에 대한 동경이 보인다. 헬레네 이후 그가 만나게 된 안나는 "친구처럼 지내면서 인생과 문학에 관해 이야기할 수 있는 여자"이고, 아름다운 헬레네와는 달리 "곤경과 고통을 경험한 사람만이 획득할 수 있는 보다 고귀하고 소중한 명랑함"을 갖고 있다. 그리고 1인칭 화자는 "사랑의 자유로운 나라"가 아닌 "우정의 정원"에 머무르게 된 것을 "내 인생에 큰 행운"이라고 느낀다. 앞서 「회오리바람」에서 묘사된 폭풍 같은 격정이 아닌, 「라틴어 학교 학생」에서 묘사된 "풍요로운 사랑"과 "성스러운 사랑"이 삶의 의미로 부각된 것이다. 또한 이 단편에서는 처음으로 어머니의 역할이 부각되는데, "너 아직도 자주 기도하지?"라는 어머니의 질문은 인생의 궁극적인 의미에 대한 탐구가 어머니의 유언으로서 주인공의 앞날을 같이할 것임을 암시한다. 작가 헤세에게 기독교 신앙심, 경건주의는 태생적인 것이라 할 수 있다. 헤세의 아버지가 선교사였고, 어머니 역시 선교사의 딸로 태어나 평생을 기독교의 가치관을 실천하면서 살았다. 1902년 어머니의 죽음 이후 헤세는 1904년 자신보다 아홉 살이 많은 마리아 베르누이(Maria Bernoulli)와 결혼하는데, 그녀는 외모로 보아도 헤세의 어머니를 연상시킨다고 한다. 주인공이 어머니가 직접 짠 털양말 두 켤레를 어머니의 "마지막 선물"로 받은 이 여름과 더불어 "내 온 청춘이 대단원의 막을 내린다." 이 단편의 제목 "청춘은 아름다워라"는 독일 헤센 지방의 민요인데, 돌아올 수 없는 유년 시절에 대한 향수를 잘 표현한다. 단편집 『청춘은 아름다워라』의 초판 표지에는 이 민요의 제1연이 실려 있다.

    즐거운 시절의 삶은 아름다워라.
    청춘은 아름다워라. 하지만 다시 오지 않으리.
    하여 또 한 번 말하노니,
    젊은 시절은 아름다워라.
    청춘은 아름다워라.
    하지만 다시 오지 않으리.

신지영(고려대 독어독문학과 교수)